식탁
위의
작가

나를 사랑하는
또다른 나를 위한 이야기

식탁 위의 작가

하미라 에세이

렛츠북

프롤로그

나는 '하 작'이다. 사람들이 하 작가를 줄여 하 작이라고 부르기 시작한 것이 벌써 19년이 되었다. 어느 날 문득 나는 언제부터 글을 쓰기 시작했나 생각해 봤다. 그날을 기점으로 나는 어떤 글을 어떻게 써 왔나 돌아보고 싶어졌다. 처음 글을 썼던 때, 구성작가로 첫 입봉했던 순간 등을 기억하고 다시 그 마음으로 돌아가 보고 싶었다.

나는 내 일을 정말 사랑하지만, 작가는 항상 메인이 아니다. 스태프 중의 하나이고, 늘 내 것이 없다. 열심히 쓴 글은 '남의 작품'이 되어 이 세상에 기록된다. 그래서 이번에는 스태프가 아닌 주인공인 글을 써 보려 한다.

글을 쓰고 싶어 하는 많은 사람에게 조금이라도 이 책이 도움이 되었으면 좋겠다. 스토리텔링 수업을 할 때도 글쓰기, 말하기 강의를 할 때도 많은 사람이 자신의 이야기를 글로 표현하고 싶어 하고 그것이 하나의 결과물로 나와 주길 바란다는 것을 느꼈다. 내가 할 수 있는 일은 조금 더 쉽게 글감을 찾고, 그것에서 가지를 뻗어 나가면서 어떤 식으로 글을 쓰면 좋은지를 알려 주는 일이었다. 내가 일일이 그들의 이야기를 대신 써 내려갈 수는 없는 노릇이니.

글을 쓴다는 것은 특출난 누군가의 전유물이 아니다. 물론 글을 쓰고 표현하는 능력이 탁월한 사람들은 조금 더 재미있게, 조금 더 빨리 글을 쓸 수는 있겠지만 그렇지 않더라도 글을 써 보고자 하는 사람들에게 작게나마 도움이 되는 글쓰기의 시작부터 글을 쓰는 방법까지 나만의 방식을 정리해 보려고 한다.

나는 글쓰기를 어떻게 시작했는지, 다음 과정은 어떠했는지, 나는 왜 글 쓰는 것이 좋은지, 글을 쓰면 어떤 일을 할 수 있는지, 글쓰기에는 영역이 없다는 사실 등 19년 차 작가로서 해 주고 싶은 이야기들을 펼쳐 내고자 한다.

그리고 내 가족들과 사랑하는 우리 민찬이, 영준이에게 내가 하는 일이 무엇인지, 어떤 일을 하는지 알려 주고 싶다. 작가랍시고 밤샘을 하고 촬영을 하러 간답시고 하루, 이틀 집을 비우기 일쑤였던 날들에 대한 해명일 수도 있다. 이렇게 당당하게 작가로서 자리 잡을 수 있었던 것은 사랑하는 가족들의 지지와 우리 민찬이, 영준이의 희생과 양보가 있었기 때문임을 누구보다 잘 알고 있다.

스스로 전문가라는 말을 과감히 내뱉으며 그에 따른 실력과 책임을 질 때 프로라는 자격이 주어진다고 생각한다. 그래서 우리가 프로라고 부르는 사람들은 하기 싫은 일도 아무렇지 않게 끝까지 해낸다. 아마추어라 불리는 사람들은 단순히 그 일을 좋아하고 즐기는 정도의 사람일 것이다. 아마추어는 그 일에 대해, 혹은 그 과정 중에서의 즐거움이나 재미가 사라지면 더는 그 일을 하지 않는다. 재미가 없으면 그 일은 의미가 없어지기 때문이다. 그렇게 생각한다면 프로와 아마추어의 차이는 '태도'에서 나오는 것이 아닐까.

여러분이 이 책을 읽으면서 느끼고 알게 되는 것이 프로로서의 글쓰기일지, 아마추어로서의 글쓰기일지는 직접 느껴 보길 바란다. 하지만 확실한 한 가지는 글을 쓰는 일은 프로든, 아마추어든 신성한 작업이라는 것이다. 글을 쓰고자 마음먹고 시간을 내어 쓰기를 시작한다면, 당신은 그 순간부터 프로다. 말로는, 생각으로는 글을 써야지, 글을 쓰고 싶어, 하면서 한 줄도 적지 않는 어떤 이에 비하면 당신은 이미 진정한 글쟁이다.

거창한 글이 아니다. 일기 쓰기부터 시작해도 좋다. 일기 쓰기도 힘들다면 우선 다이어리에 오늘 한 일을 기록하는 일부터 시작해 보는 건 어떨까. 기록은 글쓰기의 시작이다. 인류의 문명도 기록으로 인해 전해질 수 있었다. 희대의 사건들도, 예로부터 전해져 오던 구전동화까지도 그것이 말로만 전해져 왔으면 어느 순간 사라지고 말았을 테지만, 그것들을 기록하고 전하는 이들이 있어서 우리가 알게 되었다. 그만큼 글 쓰는 이에게 기록은 무엇보다 중요한 작업이다.

꾸준하게 글을 쓰고 자신의 글을 읽어 보자. 이상하다고 지워 버릴 것이 아니라 내가 말하고자 한 바가 어느 정도 표현된 것인지 느껴 보자. 표현방법이든 기술적인 부분은 언제든 나아질 수 있다. 그저 내가 말하고자 했던 글감이 제대로 드러나고 있는가에 중점을 두고 글 쓰는 사람이 된다면 당신도 지금부터 감히 '글쟁이'라 할 수 있다.

남의 작품을 만들어 주는 글쟁이가 아니라 나 자신이 주인공인 글쟁이로 거듭나는 또 하나의 시작을 이렇게 열어 본다. 그냥 써 보자. 그리고 그냥 읽어 보자. 그냥이라고 시작하는 순간 그것은 이제는 그냥이 아니라 나의 이야기가 된다.

글을 시작하는 모든 이들을, 그리고 나 자신을 응원한다.

목 차

3장

작가가 체질

4장

작가가 본캐

5장

인생 하 작가

6장

그래도 하 작가

부록

하 작가의 작업실

1장

작가는
어때

방송작가에 발 디디기

　보통 방송작가는 방송아카데미를 나와서 방송국에 들어와 막내작가로 일을 시작한다. 막내작가의 일상은 다들 비슷하리라 생각한다. 아직 제대로 할 줄 아는 게 없으니 선배 작가들로부터 배워야 한다. 선배 작가들은 이 막내작가를 가르쳐야 할 의무는 없으나 일손이 부족하니 툭툭 하나씩 시키면서 가르치게 된다. 어떤 사수를 만나느냐에 따라 막내작가는 자신의 스타일을 만들어 가게 된다.

　나는 방송의 'ㅂ' 자도 모르던 그저 학생이었다. 대학교도 졸업하기 전에 방송국에 들어가 작가라는 명함은 가지고 있었으나 아는 게 없었다. 그래서 내 주특기인 무조건 열심히 하기를 해 보기로 했다.

　막내작가의 일상을 따라가 보자면, 첫 방송이 시작되기 1시간에서 1시간 30분 전 가장 먼저 출근해서 방송 준비를 돕는 거로 하루가 시작된다. 그 당시 첫 방송은 <생방송 아침을 연다>

라는 데일리 프로그램이었는데, 오전 7시 20분경 시작하는 방송이라 늦어도 6시에는 출근해야 했다. 혹시나 생방송 준비로 선배 작가가 숙직실에서 잠이라도 들어 있는 날에는 선배 작가를 깨우는 것도 막내작가의 할 일 중 하나였다.

그리고 선배 작가가 밤새 사투를 벌인 대본과 큐시트 등에 클립을 끼우고 촬영 스텝의 이름을 써서 중앙 테이블에 쫙 진열해 둔다. 그러면 각자 자신의 이름이 적힌 대본을 가져간다. 생방송이 시작하기 30분 전까지 출연진은 다 대기 상태가 되도록 일일이 전화해서 확인한다. 생방송을 시작하기 5분 전까지 스텝들은 자기 자리를 찾고, 선배 작가와 막내작가는 부조정실 PD 뒤에 앉아 긴장 상태를 유지한다.

그렇게 생방송이 끝나면 막내작가는 스텝들의 대본을 일일이 수거하고(그러지 않으면 대본이 아무렇게나 뒹굴어 다니는 참사가 일어난다) 이면지 통에 넣는다. 그렇게 전쟁 같은 생방송이 끝나면 단체로 아침을 먹으러 가는 경우가 많다. 방송이 마쳐 봤자 8시 30분도 되지 않기 때문에 새벽같이 나온 사람들은 그날 하루를 버틸 에너지를 충전해야 한다.

그리고 작가실로 다시 돌아오면 다른 선배 작가들이 출근을 하고 일을 시작한다.

"오리고기 찍으러 갈 거야. 자료수집 좀 해 줘."

선배의 오더가 떨어지면 막내작가는 그때부터 자료수집에

들어간다. 글을 쓸 땐 자료가 많을수록 내용이 더 풍부해진다. 선배에게 사랑받는 막내작가가 되기 위해서, 아니, 작가로 제대로 자리 잡기 위해서는 우선 살아남아야 하기에 지금 이 순간 나는 오리의 탄생부터 오리가 꼭꼭 숨기고 있던 오천 년 전 비밀까지 캐내는 치밀함을 발휘해야 한다. 오리는 어떤 동물인지, 어디서 자라는지, 오리에 관한 속담, 재미있는 이야기, 오리고기의 효능, 오리고기로 만들 수 있는 요리의 종류는 무엇인지, 오리 요리를 촬영할 만한 식당이나 새로운 메뉴를 가진 곳은 없는지. 찾을 수 있는 것은 모든 걸 동원해서 찾아 놓은 뒤 하나씩 관련 단어를 적어 라벨링을 한다.

보통 그렇게 몇 시간 걸려 자료수집을 하면 100페이지 이상의 자료들이 모이고 그걸 선배 작가에게 넘긴다. 아무 말 없으면 다행히 합격이고, 무언가 찾는 자료가 하나라도 빠져 있으면 날벼락이 떨어진다. 과유불급(過猶不及)이 통하지 않는 유일한 곳이다.

그렇게 정신없는 시간을 보내다 보면 막내작가도 어느덧 살짝 작가 티 나는 '방송국 사람'이 된다. 그러면 여러 프로그램 중에 한두 군데 담당 PD가 프로그램 제안을 한다. 물론 메인 작가가 아닌 보조작가로. 그렇게 드디어 프로그램을 시작할 수 있게 된다.

데일리 프로그램의 보조 작가가 되면 보통 7~10분 내외의 꼭지를 하나 맡는다. 10분짜리 하나 가지고 죽을 것 같은 고뇌에 고뇌를 거듭한다. PD한테 아이템을 말하면 바로 까인다.

"야, 넌 생각이 있니? 없니?"

'생각이 없는 건 아니고 생각이 다른 게 아닐까요?' 하고 말하고 싶지만 더 욕먹지 않기 위해 말도 참고, 눈물도 참고 다 참는다. 도대체가 막내작가는 모르는 것들을 다른 사람들은 다 알고 있다. 신기할 정도로. 방송국에 있는 사람들은 역시 대단한 사람들이구나. 그런 대단한 사람들 속에 있는 나도 이제 대단해질 거야, 하고 생각하면서 역시나 고뇌의 밤을 새운다.

내가 막내작가일 때는 이랬다. 그런데 생각보다 나는 쉬이 대단해지지 못했다. 날이 가면 갈수록 내 속에 많은 것이 부족하다는 걸 깨달았다. 아, 공부가 덜 됐구나. 사회공부도, 경제공부도, 모든 것이 부족하구나. 그다음부터 끊임없이 뉴스를 보고 신문을 보기 시작했다. 대학교 4년을 다니면서 신문 하나, 뉴스 하나에도 관심이 없었던 나 자신의 무식함과 무관심함이 후회되었다. 이후 이 생각은 조금이라도 사회에 대한 관심이 소홀해지면 틈을 타고 들어와 머릿속을 맴돌았다.

작가가 된 후 알게 된 수많은 것 중 하나는 '아는 만큼 보인다'는 속담이 꼭 맞다는 것이다. 내가 모르면 보이는 게 없고, 알게 되면 점점 꼬리를 물고 새로운 사실들이 나를 찾아온다. 한 아이템을 잡고 글을 쓰기 위해서는 수많은 양의 자료수집이 필요하고 그것들을 공부하면서 머릿속에 그림을 그려 내야 한다. 자료가 풍부할수록, 자료에 대해 더 많이 알수록 작가들은 더 많은 이야기를 만들어 낼 수 있다. 하지만 나는 부족한 사람이었고, 마음만 앞선 작가였으며, 모르는 것 투성이인 막내였다.

그렇게 나의 첫 방송은 PD님의 엄청난 화와 욕을 불러일으키며 마무리됐다.

"넌 진짜… 자막을 3차원적으로 뽑으라고!!"

(19년 차가 된 지금도) 사실 이 말은 조금 이해하기 힘들지만, 수화기 너머로 들리는 화가 난 목소리에 얼마나 울었는지 지금도 기억난다. 3차원적인 자막을 뽑고 남들이 생각하지 못하는 색다른 아이템을 찾아내려고 밤새워 연구한 적이 있다. 하지만 그때 나는 열심히 해도 서툴 수밖에 없는 막내작가였다.

생방송 10분 전

    <굿데이 울산>, <생방송 아침을 연다>, <생방송 UBC 투데이>.

    지금은 사라진 아침 생방송. 방송국의 새벽은 항상 분주했다. 몇 년을 매일같이 아침 7시 20분이면 생방송을 했다. 생각하면 할수록 다들 대단하다. 매일 생방송을 하다 보니 한 명의 작가가 다 할 수 없는 노릇이라 요일별로 작가가 달랐다. 누구는 월요일 작가, 누구는 화요일 작가, 누구는 수요일 작가 이런 식이다. 사실 이것도 알게 모르게 편한 요일이 존재했다. 요일마다 다루는 아이템이 달랐는데 예를 들면 월요일은 주말에 있는 행사를 주로 다루고, 화요일은 화제의 인물, 수요일은 지역의 특산물, 목요일은 지역의 명소, 금요일은 여행/맛집 소개 등… 주로 이런 식이었다. 그러니 가만히 있어도 알아서 정해지는 행사 같은 아이템을 다루는 날은 손쉬운 요일이고 늘 눈을 부릅뜨고 찾아야 하는 인물 아이템을 다루는 날은 까다롭고 어려운 요일인 거다. 그래서 연차가 높은 선배 작가가 편한 요일을 선택한다. 그러면 막내에서 갓 벗어나 메인작가가 된 누군가에게는 제일 어려운 요일이 주어진다. 그것이 자연의 이치다.

생방송작가는 전체 구성과 내레이션 대본, 더불어 스튜디오 대본을 쓴다. 그것을 '통대본'이라 부르는데 MC들의 오프닝 멘트, 브릿지멘트, 클로징멘트가 포함된 대본을 말한다. 입봉한 지 3개월, 드디어 나도 막내작가에서 벗어나 메인작가가 되었다. 이제 통대본도 쓰게 되고 가장 까탈스러운 화요일 생방송을 온전히 맡게 되었을 때였다. 아직 대본을 쓰는데 속도가 붙지 않았던 나는 밤늦게 편집본이 나오는 날이면 밤을 새워 내레이션 대본을 적어야 했다. 사실 데일리 프로그램이다 보니 항상 아이템은 부족했고, 행여나 잡았던 아이템이 엎어지는 날이면 어떻게든 새로운 아이템을 잡아 방송 분량을 채워야 했다. 그러니 당일 촬영에 당일 편집이 뻔한 일인 경우도 많았다.

그래서 생방송 준비는 항상 전쟁이다. 오전 7시 20분이 방송 시간이면 그 전에 모든 세팅을 마쳐야 한다. 특히 데일리 프로그램의 생방송 팀들은 하루하루 이 전쟁 같은 스케줄을 소화해 내야 한다. 밤을 새우는 건 일쑤, 조금이라도 일찍 준비가 끝난 날에는 최대한 집에 가서 잠을 일찍 청해야 다음 날 생방송에 지장을 주지 않았다. 그렇게 일주일에 3~4일은 방송국에서 밤을 새우면서 숙직실에서 새우잠을 자고 아침이면 생방송을 했다.

하루는 방송 아이템도 쉽게 잡히고 촬영도 순조로웠다. 편집본도 일찍 나왔다. 모든 준비가 너무 일찍 끝나서 오히려 뭔가 불안했다. 그때 시각이 밤 9~10시 정도였다.

다음 날 아침 생방송을 위한 모든 세팅도 직접 했다. 주로 막내작가가 하는 출연자와 스텝들 대본 정리까지도 일일이 포스트잇을 붙여 정리하고 다시 작가실을 돌아보고 집으로 왔다. 다음 날 개운하게 푹 자고 일어나서 방송이 문제없이 잘 끝난다면 정말 완벽한 상태였다.

'띠리링~'

휴대전화가 시끄럽게 울려서 '이 밤에 누구냐? 매너 없이'라고 생각하며 눈도 뜨지 못한 채 전화를 받았다.

"여보세요?"
"지금 어디야!!!!!?"

이건 무슨 소리지? 자다 깨서 시계를 보고 깜짝 놀랐다. 7시 5분.

생방송이 7시 20분 시작인데 난 지금 집에서 7시 5분에 눈을 뜬 거다. 그것도 FD 오라버니의 전화를 받고서. 죽었다. 큰일 났다. 어떻게 하지?

벌떡 일어나 세수도 하지 않고 방송국으로 총알같이 갔다.

이미 방송 전 광고가 시작하고 모든 스텝은 방송 중이었다. 나는 마치 원래 방송국에 있었던 것처럼 아무렇지 않게 부조정실 안에 있는 자리로 가서 앉았다.

'이게 꿈일까, 현실일까?'
'나는 누구일까, 여기는 어딜까?'

생방송을 하는 내내 멍했다. 다들 뭘 하는 건지, 아무 생각도 나지 않았다. 생방송이 시작하기 전에 원래 작가가 해야 할 일이 여러 가지 있다. 특히 이렇게 아침 일찍 시작하는 경우는 방송 시작 30분에서 1시간 전부터 출연자들의 생사(!) 확인이 필수다(보통 이건 막내작가에게 시킨다). 그리고 그날 화면에 실시간으로 나가야 하는 자막과 광고를 확인한다. 녹화방송은 문제가 있으면 수정이 가능하지만 생방송은 그렇지 않기 때문에 모든 것이 방송사고와 직결된다. 그래서 작가의 검토가 정말 중요하다. 확인조차 하지 못한 채 시작한 생방송은 다행히 별 문제 없이 끝났다. 그런데 정말 무서운 건 담당 PD가 아무런 욕도 하지 않았다는 것이다. 차라리 욕을 마구 퍼부어 주면 좋겠다고 생각했다. 태어나서 처음으로 간절하게 욕먹고 싶었다.

그날 이후 나는 알람을 맞춰 두면 알람이 울리기 꼭 5분 전에 먼저 눈이 떠진다. 잠잘 시간이 적다는 생각이 들면 아예 잠을 자지 않았다. 혹시나 못 일어나는 참사가 또 생길까 봐 미연에 방지하는 것이다. 그 후로 생방송 사고는 한 번도 없었다.

방송작가가 글만 쓰는 것은 아니다. 아이템을 잡고, 섭외하고, 자료수집을 한 후에 그것을 토대로 촬영을 어떻게 해야 하는지 구성안을 쓰고, 촬영을 따라 나가서 현장의 모든 걸 함께 하고, 다시 편집본을 보고 내레이션 대본을 쓰고, 자막을 뽑고, 전체적으로 스튜디오에서 진행하는 통대본까지 완성해 정리 자막을 뽑아야 어느 정도 작가로서의 일이 마무리되는 것이다.

글을 잘 쓴다고 대본을 잘 쓰는 것도 아니다. 성향에 맞아야 하고, 일에 흥미를 느껴야 이 모든 것을 이겨 내고 멋진 작가로 성장할 수 있다. 많은 작가가 나를 스쳐 갔다. 그중에는 여전히 작가를 하는 이들도 있고, 이제 더는 방송을 하지 않는 이들도 있다.

하지만 지금 방송을 하지 않는 이들도 방송하던 때의 즐거움과 성취감을 잊지 못한다고 말한다. 그리고 작가는 돈을 많이 벌고 적게 벌고를 떠나 '전문가'로서 자신의 모습에 자부심을 느낄 수 있는 직업이라고 말한다.

많은 아이템을 기획하면서 자료수집을 하고, 나름의 공부를 하며 작가들은 얕지만 넓은 지식을 갖게 된다. 이들은 점차 어떤 사람과도 이야기할 수 있는 넓은 지식을 가진 사람들이 되어 간다.

다큐로 받은 푸른 날개

지역의 방송작가라고 해서 모두가 <6시 내고향> 같은 프로그램만 하는 것은 아니다. 서울 방송에서는 각 장르의 작가들이 나뉘어서 활동하지만 지역 방송에서는 장르가 나뉘지 않는다. 다큐멘터리도 하고, 예능 같은 프로그램도 하고, 교양 프로그램도 한다.

나의 첫 다큐멘터리는 창사 특집 다큐멘터리를 제작해야 하는 시기에 나의 아이디어의 채택으로 시작되었다.

"장애인 중에서 악기를 잘 다루는 사람들이 있는지 찾아보고 그 사람들을 모아서 밴드를 결성하는 건 어때요?"

작가로 1년도 채 되지 않았던 때였지만, 왠지 자신이 있었다. 좋은 구성이 될 것 같았다. 당시 PD님은 어린 작가였던 나에게 1시간 분량의 다큐멘터리 2부를 선뜻 맡기셨고 나는 그때 처음으로 다큐멘터리 작가로의 준비에 들어섰다.

먼저 울산에 있는 모든 장애인 관련 단체와 복지관, 협회 등에 공문을 보냈다.

창사 특집 다큐멘터리 제작 관련하여 악기를 다룰 줄 아는 분이 계신다면, 혹시 악기를 배워 보고 싶은 분이 계신다면 회신을 부탁드립니다.

팩스 보내는 데만 1~2시간은 넘게 걸렸다. 그리고 연락이 오길 기다렸다. 하루가 지나고 기다리던 연락이 왔다. 제일 먼저 연락이 온 곳은 <지체장애인협회>였다. 드럼을 치는 분과 키보드를 치는 분이 계시다고 했다. 이름과 연락처, 다루는 악기를 적고 다음 연락을 기다렸다. 쉽사리 울리지 않는 휴대전화를 들고 연락을 기다렸던 일주일은 그 어느 때보다 길게 느껴진 일주일이었다.

그렇게 울산 최초의 장애인 록밴드가 탄생했다. 몸은 조금 불편하지만 열정과 재능으로 뭉친 5명의 멋진 사람들. 밴드 이름을 짓는 데도 의견이 분분했지만, 나는 다 같이 멋지게 날아 보자고 '그린 듯이 아름다운 날개'라는 뜻의 '그린나래'를 제안했고, 그렇게 밴드의 이름은 그린나래가 되었다.

악보를 볼 수 없는 기타리스트와 휠체어 없이는 이동이 힘든 베이시스트, 지적 장애를 가진 막내 팀원까지. 막상 팀원을 모으고 보니 악기 연주를 가르쳐 무대에 올릴 수 있을지 걱정이 되긴 했다. 하지만 원래 다큐멘터리는 고난의 연속이다, 라며 마음을 다잡았다.

우리 그린나래를 가르쳐 줄 선생님이 필요했다. 일반 강사는 모든 악기를 다루진 못할 것이고, 울산에 있는 큰 기업 안에 밴드를 결성해서 취미활동을 하는 분들이 있지 않을까 하고 회사 홈페이지 및 인터넷 카페 등을 마구 뒤졌다. 그렇게 삼성SDI에 밴드활동을 하는 동호회와 연결이 되었다. 그린나래 멤버들은 연습실도 생기고 악기 연주도 배울 수 있게 되었다.

메인 기타와 보컬을 맡은 병희 씨는 절대음감의 소유자였다. 비록 보이진 않지만 모든 소리를 듣고 그대로 따라 하는 엄청난 능력자였다. 보컬에 부족함이 없으니 든든했다. 드럼을 맡았던 형식 씨 역시 실력이 출중했고, 다른 멤버들을 잘 도와주었다. 그리고 베이스를 맡았던 천규 씨 역시 어느 정도의 실력자였다. 무엇보다 다들 너무나 잘 따라 주셨다. 일도 하시고 연습도 하시고 힘드셨을 텐데 불평 없이 이런 기회를 얻게 된 것 자체가 행복하다고 하셨다.

그린나래 팀의 결성부터 연습하는 모습, 팀원들이 일하는 모습, 힘들어하는 모습, 웃고 우는 모습을 몇 개월에 걸쳐 카메라에 담았다. 일주일에 2~3번씩은 꼭 모여 연습을 했다. 실력이 조금씩 늘어 가는 것도 보였고, 목표로 한 무대 공연날짜가 성큼 다가오자 나 역시 그들과 한마음이 되어 있었다.

다큐멘터리의 구성은 한 권의 글을 적는 것과 같다. 기승전

결. 갈등도 있고 문제 해결 과정도 있어야 하나의 작품이 되는 것이다. 그래서 처음의 부족했던 모습과 서툰 악기 연주에 힘들어하는 모습도 담았다. 불협화음도 나고 가끔 오해도 생겨 갈등 상황이 생기기도 하는 모습, 그야말로 카메라가 몇 달 동안 팀원들을 따라다녔고 그것이 다큐멘터리로 만들어지는 것이다. 마지막 무대 공연은 멤버들의 피나는 연습으로 별 탈 없이 끝낼 수 있었다. 정말 감사하고 감사했다.

2년이 채 되지 않았던 내가 몇 달치의 촬영본을 프리뷰 하고, 거기서 편집본을 골라내고, 1시간이라는 긴 호흡의 다큐멘터리 글을 쓴다는 것은 쉽지 않았다. 지금은 다큐멘터리나 다른 글을 쓰더라도 조금 더 다른 시각으로 바라보고 내용을 그린다. 하지만 그때는 보이는 대로, 느껴지는 대로 그냥 직설적인 글을 적었다. 다큐멘터리의 글쓰기가 아니라 그냥 아침 생방송 글쓰기를 하듯이 무작정 써 내려갔던 거다.

그래서인지 그린나래 다큐멘터리는 지금 보면 조금 부끄러운 작품이다. 하지만 그린나래 팀원들과 함께한 몇 달간의 시간이었기에 누구보다 열정적으로 임했고 그들의 노력과 꿈을 표현하려 애썼던 마음만은 진심이었다.

그린나래 팀은 다큐멘터리 제작을 위해 결성되었지만, 멤버 모두 '우리도 할 수 있다'는 자신감을 갖게 해 준 소중한 기회였다. 이후 울산 중앙병원에서 환자들을 대상으로 한 위문공연 무대에 오르는 등 그때 당시 지역의 크고 작은 행사에서 수

십 차례에 걸쳐 공연도 했다. 밴드의 사연을 듣고는 다른 방송사에서도 촬영하고, 인터뷰 요청도 많이 받았다. 그린나래 팀은 나에게 매니저를 맡으라 했다.

"하 작가가 우리를 모아놨으니 매니저로 끝까지 책임져!"

그린나래 팀은 방송에, 신문에 알아보는 관객도 꽤 있을 정도로 지역에서는 나름대로 '유명인사'가 됐다. 처음에는 그저 방송을 위해, 음악이 좋아서라는 각자의 이유로 만났지만 점점 장애인과 비장애인을 넘어선 희망과 감동의 아이콘이 되었다.

음악이 있었기에 아픔과 어려움을 이겨 낼 수 있었고, 그늘지고 소외된 모든 이들에게도 그 희망을 전하고 싶은 마음이 생긴 그린나래. 중간에 멤버 교체도 있었지만, 자작곡 '그린나래'도 발표하고, 울산의 최초 장애인 록밴드로 여전히 활동 중이다.

나는 덕분에 그린나래 공연은 언제나 볼 수 있는 '푸른 날개'를 받았다.

<365 천국보다 아름다운 세상>

곰곰이 생각해 보면 나는 '중독'에 매우 취약한 사람이다. 도전도 과감하게 하는 편이지만 한 번 빠지면 한동안 헤어나질 못한다. 중학교 때는 컴퓨터에 깔린 게임 '헥사'를 시작하면 3시간이고 4시간이고 일어나지 못했고, 고등학교 3학년 수능을 마친 후에는 '스타크래프트'에 빠졌다. 하와이로 어학연수 갔을 때 '포트리스'에 빠져서 시차가 반대인 친구들과 밤새워 이야기하며 포트리스 게임을 했다. 그렇게 푹 빠져서 하니 레벨이야 높을 수밖에 없었고 여자애가 게임에 진심인 것이 그저 신기해서 여기저기서 게임 하자고 덤벼들어 점점 더 폐인이 되어 갔다.

어느샌가 게임이 나 자신에게 좋은 영향을 끼치지 않는 것 같아 손을 뗐고, 그다음으로 시작한 것이 봉사활동이었다. 책임감인지 중독성인지 알쏭달쏭한 감정으로 시작한 봉사활동을 아직까지 놓지 못하고 있다.

중학교 1학년 때 우연히 시작했던 봉사활동은 그 모양과 방향은 바뀌었지만, 지금까지 이어지고 있다. 처음에는 내가 남을 도와준다고 생각했던 것이 점차 그들이 내 마음을 돕는다는 생각으로 바뀌었다.

<365 천국보다 아름다운 세상>이라는 프로그램이 있었다. KBS에서 했던 <사랑의 리퀘스트>와 비슷한 구성으로 지역 민영방송들의 합작품이었다. 아픈 아이들 수술비를 지원해 주는 코너 하나, 집수리해 주는 코너 하나, 어려운 환경에서 잘 자라고 있는 학생에게 장학금을 지원해 주는 코너 하나. 이렇게 세 꼭지로 이루어진 프로그램이었다. 이 얼마나 좋은 취지의 프로그램인가?

하지만 작가들에게 있어서는 피하고 싶은 프로그램 1순위였다. 그 이유는 '아픈 아이'를 찾아야 하고, 만나야 하고, 아픈 사연을 들어야 하고, 수술비와 출연 약속을 트레이드해야 하는 상황을 겪어야 했기 때문이다. 부모님들은 아이 얼굴을 팔아 수술비를 받는 것 같아 무능한 자신들에 대해 죄책감을 느끼고, 아이들은 자신의 아픔을 덤덤히 말하며 어른들을 위로하곤 했다. 그런 모습을 지켜보는 게 사실 곤욕이었다. 그렇게 <365 천국보다 아름다운 세상>은 돌고 돌아 나에게 떠밀려 왔다.

이런 프로그램을 진행하기 위해서는 기관의 협조가 매우 중요하다. 우선 교육청에 협조를 구해서 교육청에 등록된 희귀, 난치병 아이들의 명부를 받는다. 지금은 개인정보 보호법상 위반사항이라 상상할 수도 없는 일이지만 10여 년 전에는 그게 가능했다. 아이들을 돕기 위해 방송국에서 나서는 일이라고 하면 바로 명부가 넘어왔다. 30명이 넘는 울산에 있는 희귀난치병으로 아파하고 있는 아이들의 이름과 부모님 연락처, 병명이 적혀 있었다. 들어 보지도 못한 병명 가득 적힌.

마음을 가다듬고 첫 줄에 있는 전화번호로 전화를 건다.

"안녕하세요? ○○○ 어머니 되시나요? 저는 UBC 울산방송 하미라 작가라고 합니다. 잠시 통화 가능하신가요?"

평소 섭외할 때는 목소리 톤이 2옥타브는 높았지만 365(이렇게 줄여 불렀다) 섭외를 할 때는 최대한 조심스럽게 전화를 해야 했다.

"네…. 말씀하세요."

수화기 너머로 들리는 목소리는 대부분 오랜 병간호로 지쳐 쫙 가라앉아 있었다.

"네…. 저는 <365 천국보다 아름다운 세상>이라는 프로그램을 담당하고 있는 작가입니다. 교육청에 협조를 받아서 이렇게 어머님께 전화를 드리게 됐습니다. ○○이는 좀 어떤가요…?"

"○○이…. 작년에 하늘나라로 갔어요…."

"아…. 어머니…. 죄송합니다… 진짜 죄송합니다……."

이렇게 전화기를 붙들고 얼굴 한 번 본 적 없는 그 아이의 어머니와 같이 울었다. 이런 적은 한두 번이 아니었다. 이런 통화를 하고 나면 한동안 섭외를 못 할 정도로 움츠러들곤 했다. 내가 이 어머니의 아픈 곳을 찌른 것 같은 죄책감으로.

겨우 이틀 만에 마음을 추스르고 다시 전화를 돌리고, 아이들의 상태를 묻고 지금 경제적으로 상황이 좋지 않다면 저희 프로그램에 출연을 해 보는 건 어떠신지, 수술비로 2천만 원을 지원해 드릴 방법이 방송 출연을 하시는 거라고 조심스레 말을 했다. 그러면 망설이시는 분들이 대부분이고 가끔 흔쾌히 승낙하시는 분도 만날 수 있었다. 하지만 그것으로 섭외가 되는 건 아니었다. 직접 가서 방송을 하기에 모든 준비가 되었는지를 확인해야만 했다.

내비게이션이 보급되기 전이라 주소를 받으면 지도를 보고 집을 찾아다녔다. 골목골목 돌아 찾아간 집에는 한 아이와 어머님이 기다리고 있었다. 당시 그 아이는 근이완증이라는 희귀병을 앓고 있었다. 근이완증은 유전염색체 결함으로 근육이 줄어들고 관절이 굳어 가는 병이다. 초등학교에 입학 때만 해도 어렵게나마 한 걸음씩 걸었던 아이는 얼마 지나지 않아 아예 한 걸음도 걸을 수 없게 되었다고 했다. 아이가 너무나 밝고 씩씩해서 더 마음이 아팠다. 아이 혼자서는 아무것도 할 수가 없으니 어머니는 아이의 손발 노릇을 하고 계시고, 아버지가 번 돈은 그마저도 아이 병원비로 다 들어가면서 가족의 경제적 상황은 점점 악화되고 있었다. 그 아이와 가족에게 도움이 필요했다. 어머니와 오랜 시간 이야기를 나누고 아이를 촬영해 방송을 했다.

1년이 약간 지나지 않아 출연했던 아이들이 건강하게 잘 지내고 있는지 확인차 전화를 돌렸다. 정확히는 방송 후 뒷이야기 촬영이 가능한지 여쭙고 싶은 마음이기도 했다.

"얼마 전에 죽었어요. 미안합니다…"

아이가 하늘나라로 갔는데, 제작진에게 미안할 일은 아닌데…. 어머니들은 울면서 미안하다고 말씀하셨다. 그렇게 <365 천국보다 아름다운 세상>을 맡았던 4년 동안 여러 명의 아이가 하늘나라로 갔다. 그리고 함께 울었다.

작가는 글만 쓰는 사람이 아니다. 사람들과 소통하고 공감하고 나누고 같이 웃고, 같이 울 줄 알아야 한다. 자기밖에 모르고 소통할 줄 모른다면 과연 작가가 될 수 있을까?

작가는 사람들이 원하는 것을 보여 주는 직업이 맞다. 다만 공감을 전제로 말이다. <365 천국보다 아름다운 세상>은 나에게 중독이었다. 아프면서도 헤어 나올 수 없었던.

라디오의 세계

TV 프로그램 구성작가는 시간의 제약을 받으면 솔직히 조금 힘들어진다. 물론 어떤 프로그램을 하느냐에 따라 다르겠지만, 일 욕심이 많았던 나에게 결혼과 임신은 작가로서의 모든 삶을 송두리째 흔들어 놓았다. 임신하고 배가 점점 나오기 시작하면서 어딜 돌아다니기가 힘들었다. 그러면 섭외를 하러 다니기도 힘들고, 촬영을 따라 나가는 것은 촬영팀에 오히려 방해되는 수준이 되니 여간 불편한 게 아니었다. 그래서 잠시 방송을 쉬어야겠다고 결심했고, 태교에 전념했다.

그렇게 민찬이가 태어나고 다시 복귀하고 싶었지만, 젖먹이를 두고 다시 방송한다는 게 쉽지 않았다. 이 어린 아가를 데리고 다닐 수도 없고, 근무 시간이 일정하지 않으니 어디 맡길 수도 없었다. 그렇게 방송작가를 다시 하겠다는 꿈은 점점 멀어졌다.

아이를 둘은 낳아야 한다는 생각과 키울 때 같이 키우자는 생각으로 민찬이, 영준이를 연년생으로 낳았다. 그렇게 낳지 않으면 아이를 낳고 싶다는 생각이 사라질 것 같았다. 그리고 다시 방송을 조금 했다. 둘을 키우면서 방송작가 일을 하기는 절대 쉽지 않았다. 구성안을 쓴답시고 앉아 있어도, 섭외라도 해 보려고 휴대전화를 들기만 해도 옆에서 우는 젖먹이들. 촬영을 따라 나가는 일은 상상조차 할 수 없었다.

무엇보다도 아이 둘을 낳고 아줌마가 되어 버린 내 모습에 사람들 앞에 나서기가 겁났다. 글은 쓰고 싶고 몇 년간 해 왔던 구성작가 일은 버거우니 이제 일을 할 수 없는 건가.

다른 경력 단절 여성들처럼 나 역시 경력이 단절되고 아이만 키우다가 그렇게 아줌마가 되어 가는 건가 하는 생각에 우울감이 깊어질 무렵, 라디오작가를 구한다는 이야길 들었다.

울산에 교통방송이 생기고 라디오작가가 여럿 필요한데 울산에서 작가를 구하기 힘들다며 라디오라도 해 보지 않겠냐고 제안이 들어온 것이다. 좋은 기회라고 생각했지만, 라디오는 한 번도 해 본 적이 없었다. 도전해 본 적이 없었기에 겁이 났다.

'할 수 있을까…? 내가 할 수 있을까…? 배운 적도 없는데…?'
'사실 따지고 보면 구성작가를 시작할 때도 나는 큐시트가 뭔지도 모르고 시작하지 않았나? 그러면 이제 7~8년이 다 된 구성작가가 그 정도 눈치 없을까?'

이런 자기 합리화로 과감히 도전했다. 그리고 라디오작가에 합격했다.

라디오의 세계는 달랐다. 확실히 달랐다. 눈으로 보는 것이 대부분인 TV 프로그램에 비해 글의 힘이 차지하는 비율이 80%였다. 같은 프로그램을 하는 MC와 호흡을 맞춰 글을 뚝딱뚝딱 써내는 일, 구성작가는 다양한 프로그램으로 특색 있는 작업을 한다면 라디오는 1~2시간 안에 예능작가도 되고, 드라마작가도 되고, 쇼작가도 되어야 하는 신기한 작업을 했다. 특히 선곡을 하는 일은 신나는 일 중 하나였다. 음악을 듣고, 글을 쓰다 보면 어느 순간 글을 통해, 음악을 통해 많은 것을 치유받는 느낌이었다.

　　TV 프로그램은 전파를 통해 일방적으로 시청자들에게 보여 준다. 피드백은 아주 적극적인 일부의 시청자들에 의해 게시판에 한두 개의 소감 혹은 질문으로 이루어지고 시청자 위원회 등을 통해 지금 프로그램이 자기 방향으로 잘 가고 있는지 확인하는 정도에 그친다.

　　반면 라디오는 실시간 청취자들의 참여로 많은 것들이 이루어졌다. 특히 교통방송이라는 특징 때문에 실시간으로 교통정보를 전했고 자연스럽게 버스나 택시 운전을 하시는 분들이 애청자가 되어 주셨다. 실시간 문자로는 청취자들의 반응을 바로바로 알 수 있었으며, 신청곡도 받아서 선곡해 둔 곡 대신 바로 틀어 드리기도 했다. 이런 소통되는 느낌이 정말 좋았다.

　　물론 TV 프로그램은 촬영한 분량이 넘치면 조절할 수 있지만, 라디오는 정말 큐시트대로 대본의 길이가 딱 맞아떨어져야 방송사고가 생기지 않는다는 주의점이 있었다. 원래 대본 쓸 때 소리를 내 읽어 보면서 쓰라고들 하는데, 라디오는 특히 그 작업이 더 중요했다. 내가 대본을 읽는 MC라고 생각하고 가끔 애드리브까지 넣어 가며 읽는 속도와 분량을 조절해 대본을 썼다. 그렇게 쓴 대본은 대체로 정확하게 시간이 맞아떨어져 MC와 PD에게 좋은 대본이라는 평가를 받았다. 이제 구성작가로서가 아니라 라디오작가로서 자리를 잡아 가는 느낌이 들어서 참 뿌듯했다.

몇 개월 후 라디오 방송 개편을 맞아 각 프로그램을 맡은 PD들을 대상으로 같이 일하고 싶은 작가를 뽑았고, 내가 1순위, 2순위를 모두 받았다. 그리고 모든 프로그램 PD들이 1순위로 같이 일하고 싶은 작가로 나를 뽑았다. 그 덕으로 나에게 프로그램을 선택할 수 있는 권한이 생겼다. 항상 PD의 선택만 당해 오던 작가라는 자리에서 프로그램을 선택할 수 있는 자리까지 왔다는 사실에 이루 말할 수 없는 감정이 요동쳤다.

인간을 위대하다고 하는 이유는 자신의 행동을 조절할 수 있고 그 행동으로 남에게 좋은 영향을 끼칠 수 있기 때문이다. 성공한 사람들의 특징 중 하나는 그들이 누린 특별한 소통의 기회가 다른 사람들에 비해 많았다는 것이다. 특별한 소통의 기회라는 것은 남의 말을 잘 경청해 주다가 우연히 주고받은 말 한마디로 아이디어를 얻고, 그것을 사업에 반영하여 성공한 것이다. 빌 게이츠나 록펠러처럼 말이다.

내가 성공한 사람은 아니지만, 나도 MC들의 이야기에 귀 기울이고, PD들의 의견에 귀 기울이고, 청취자들의 사연과 이야기에 귀 기울이면서 많은 아이디어를 얻었다. 모든 이에게 마음의 창을 열고 나눔의 소통을 하고자 했을 때, 비로소 상대가 그 진정성을 느낄 수 있지 않을까?

생각하고 소통하는 것, 그것이 모든 일의 시작이다.

2장

**작가의
탄생**

11살의 글짓기

할아버지는 매일 아침 6시면 문밖으로 나와 지나가는 사람들을 노려보곤 하셨다. 그러다가 한 번씩 소리를 꽥 지르며 사람들을 겁주기도 하셨는데, 멀리 나가진 못하셨다. 한쪽 다리가 불편하셨기 때문이다. 늘 무서운 얼굴로 아침부터 문밖에서 사람들을 괴롭히는 할아버지 때문에 우리 동네 아이들은 그 집 앞을 지나가지 않으려고 뱅뱅 돌아 학교에 갔다.

'도대체 할아버지는 왜 저러시지? 무섭게….'

하루 이틀도 아니고 매일 사람들 겁주고 소리치는 할아버지가 우리 동네에서 없어졌으면 좋겠다고 생각했다. 그러던 어느 날, 통장 아줌마가 할아버지집에 떡을 들고 들어가는 걸 봤다. 그 집에 누가 들어가는 건 처음 봐서 신기했다. 저렇게 무서운 할아버지집에 가다니 대단하다는 생각이 들었다.
집으로 돌아와서 엄마한테 이야길 했더니 그 할아버지에 관해서 이야기해 주셨다.

"할아버지는 무서운 분이 아니고, 예전에 6·25 전쟁이 일어났을 때 우리나라를 지켜 주신 고마운 분이야."

"그런데 왜 자꾸 사람들한테 소리 지르고 겁주고 무섭게 해요?"

"할아버지께서 전쟁이 일어나고 열심히 나라를 지키는 중에 한쪽 다리도 잃으시고, 사랑하는 아내도 잃고, 어린 자식도 잃으셨대. 그래서 마음에 병을 얻어서 그렇게 할아버지 스스로 그렇게 해야 집을 지킬 수 있다고 생각하시는 거야."

"아……."

할아버지 이야기를 들은 후부터 나는 돌아서 학교에 가지 않았다. 그리고 할아버지를 피하기보다는 공손하게 인사를 했다.

"할아버지, 우리나라를 지켜 주셔서 감사합니다."

초등학교 4학년, 내가 11살이 되던 해였다. 지금은 들으면 소스라칠 '반공 글짓기'라는 이름으로 내가 처음 글짓기에 도전했던 글이다. 정확하게 기억하는 것은 아니나 대충 이런 내용이었다. 당시 초등학생의 글짓기 실력치고는 상당히 화제를 부를 만한 글짓기 실력이었다(라고 엄마가 말씀해 주셨다). 그리고 상을 받았다. 우수상이었다. 하지만 나는 처음 해 본 글짓기에 엄청난 충격을 받았다.

'거짓말을 적는 게 글짓기라는 말인가? 어떻게 거짓말을 적었는데 상을 주지?'

그때 나는 초등학생이고, 기껏해야 4학년이었으니 픽션 (fiction)에 대한 이해가 전혀 없었던 것이다. 급한 마음에 거짓말로 지어낸 이야기로 상을 받으니, 내 머릿속엔 '글짓기 = 거짓말'이라는 그다지 긍정적이지 않은 공식이 박혀 버렸다. 그때부터 픽션을 가미한 글은 거의 적지 않았다. 정확하게는 적지 못했다. 나를 속이는 것이라 생각했기 때문에 이후 내가 쓰는 글은 대부분 사실을 바탕으로 한 경험담이 소재가 되었다.

사실 초등학교(나는 '국민학교'를 다녔지만)에 다니던 시절에는 수많은 대회가 있었다. 작게는 일기쓰기(대회라기보다는 일기를 평소에 꾸준히 쓰는 사람에게 상을 주는 대회)부터 춘계백일장, 식목일 백일장, 어린이날, 어버이날, 스승의 날, 무슨 날이 붙는 때면 꼭 대회가 열렸다. 그런 대회에 나는 대부분 참여했던 것 같다(선생님의 강요도 물론 없었던 건 아니다). 상을 받는 게 좋았다. 아마 초등학교 6년 동안 받은 상이 50개에서 60개는 될 것이다(찾아보니 그만큼은 되지 않았지만 한 학년에 기본적으로 5~6개씩은 받은 우등생이었다). 내가 상을 받고 싶었던 목적은 '부모님께 칭찬받고 사랑받고 싶어서'가 전부였다. 아마 칭찬받고 싶은 욕구, 인정받고 싶은 욕구가 무척이나 강한 아이였던 것 같다. 지금도 마찬가지지만. 어느 순간부턴가 내가 상을 자주 받아 가니 부모님은 감흥이 없어진 듯했다. 잘했다는 칭찬보다는 당연하다는 듯한 말씀이 어린 마음에 속상했다. 난 최선을 다한 건데 말이다.

시간이 지나고 보니 사실 엄마는 글을 잘 쓰는 나를 무척이나 자랑스러워하고 계셨다. 아직도 우리 집 구석에는 내 상장이 들어가 있는 액자가 여럿 있다. 그 흔적들을 보노라면 엄마의 기분이 느껴졌다. 그러고 보면 엄마가 되어 보기 전에는 절대 백 퍼센트 엄마의 마음을 알고, 공감할 수는 없다.

이제 중학교 1학년, 초등학교 6학년이 된 나의 아들들 민찬, 영준이가 무엇이라도 잘해서 칭찬받으면 그렇게 자랑스러울 수가 없다. 그런 데다가 상이라도 받아오면 덩실덩실 춤이 나올 정도로 기쁘다. 마치 내 아이는 이것을 위해 태어난 사람은 아닐까, 이런 재능을 그냥 썩혀도 되나 싶다. 유치원생이었던 민찬이가 현대호랑이 축구단 그림대회에 나가 상을 받았을 때도, 태화강 그림그리기 대회에 나가 상을 받았을 때도 사람들에게 얼마나 자랑을 하고 다녔는지 모른다.

"아직 학교도 입학하지 않은 어린 녀석이, 미술을 제대로 배운 적도 없는 요 녀석이 상을 받아요~"

아마 내가 우리 아이들처럼 어렸을 때 우리 엄마에게 나도 이렇게 자랑스러운 딸이었겠지. 가르쳐 준 적도 없는데 어떻게 이런 표현을 썼을까, 어떻게 이런 글을 썼을까 하며 딸내미가 받아온 상장을 액자에 넣어 벽에 걸어 두며 좋아하셨을 거다. 지금도 글을 쓰며 사는 내가 엄마에게 여전히 자랑스러운 딸일지는 모르겠지만.

글을 쓰는 것이 꼭 누군가를 위함은 아니지만, 나로 인해, 나의 글로 인해 누군가 작은 행복을 느낄 수 있다면 감사함은 더할 나위 없다.

글 써서 돈 벌기

초등학교 5학년 때, 나는 처음으로 글을 써서 돈을 벌었다. 돈을 벌었다는 표현은 좀 웃기지만 처음으로 '상금'이라는 것을 받았다. 당시 10만 원이면 무척 큰돈이었다. 엄마는 이 기쁨을 함께하자며 학교에 먹을 걸 돌리고 가족들끼리 맛있는 걸 먹으며 자축으로 받은 상금보다 더 많은 돈을 쓰셨다. 그 글은 한국은행에 다녀온 후 쓴 기행문으로 학교 신문에도 실렸다.

한국은행을 견학하기 위해 차를 타고 가 내린 곳은 바로 한국은행 정문 앞이었다. 맨 처음 한국은행의 크기로 봐서 별로 대단하지 않은 것 같았지만, 한국은행에서 하는 일을 듣고는 놀라지 않을 수 없었다. 우리 4, 5, 6학년 일행은 한국은행에서 근무하시는 분의 설명을 들으며 강당으로 들어갔다. 한국은행은 우리나라의 중앙은행으로 돈의 가치를 안정시키고 은행을 건전하게 경영하도록 하고 금융거래의 질서를 유지하기 위해 1950년 6월 12일 창립되었다고 아저씨께서 설명해 주셨다. 그리고 우리나라의 지폐와 동전은 한국은행에서만 발행할 수 있다고 하셨다. 그러나 실제로 돈을 만드는 일은 한국은행의 주문에 따라 조폐공사에서 맡고 있다.

한국은행에서 하는 일 가운데 가장 중요한 일은 돈의 양을 조절하여 돈의 가치를 안정시키는 일이다. 한국은행은 은행을 상대로 예금을 받거나 돈을 빌려주고 있기 때문에 '은행의 은행'이라고 부르고 있으며 이와 비슷한 일 중 하나로 정부의 돈을 받고 내주는 일과 정부에 돈을 빌려주는 일도 하고 있다고 하셨다. 또 외국 돈이 들어오고 나가는 것도 관리하고 있다는 설명까지 들은 후 금고를 견학하기로 했다. 우리 차례가 되자 왠지 조금 흥분되었다. 금고 안은 정말 놀랄 정도로 동전과 지폐가 하늘 높은 줄 모르는 듯 높이 쌓여 있었기 때문에 아이들도 모두 감탄했다. 그리고 또 하나 지폐 검사하는 기계가 너무나 신기했다. 돈을 넣으니 이상한 무늬가 나오면서 위조지폐와 진짜 지폐를 구별해 내는 기계며 뭉텅이로 돈을 넣으니 금세 몇 장인지 세어 모니터에 띄어 주는 기계며… 이런 것들에 우리는 연방 입을 벌리고 있어야 했다.

우리 일행은 사진을 한 장 찍고 가벼운 발걸음을 차로 옮겼다. 은행에 대해 몰랐던 것도 알게 되었고, 한국은행에서도 무슨 일을 하는지 알게 되어 기뻤다.

엄마의 철저한 자료 관리 덕분에 30년이 넘도록 남아 있던 학교 신문 속 내 글이다. 몇 년째 글짓기 대회나 독후감 대회 심사위원을 맡으면서 아이들의 글을 많이 접했다. 30년 전 나의 글을 보니 조금 기특하다. 기행문에 꼭 들어가야 할 여정, 견문, 감상이 골고루 들어가서는 한 편의 글을 완성하고 있으니 말이다.

'한국은행을 견학하기 위해 차를 타고 가 내린 곳은 바로 한국은행 정문 앞이었다', '~하기 위하여 강당으로 갔다'라는 식의 여정도 나타내고, 한국은행에서 하는 일을 그곳에서 일하는 아저씨께 자세히 듣고 기록하였고, 직접 금고로 가서 하늘 높은 줄 모르고 높이 쌓여 있는 지폐들과 새로운 기계들을 보고 신기했다는 내용도 견문으로 잘 나타냈다.

이 글에서는 감상이 살짝 아쉽기는 하나, 금고를 보기 전 흥분되는 감정을 표현한 것과 한국은행에서 하는 일을 알고 돌아가는 발걸음이 가벼웠다고 쓴 표현은 조금 부끄럽지만, 충분히 상금 10만 원을 받을 만한 글이 아닌가? 내가 쓴 글이지만 30년 전 꼬맹이일 때의 내 글솜씨가 좀 웃기고 재미있다. 당시에는 얼마나 자랑스러워했을지 생각하니 더욱 고개를 들지 못하겠다.

이런 경험을 한다는 것이 흔한 일은 아니지만 아마 한국은행 기행문을 적고 상금을 받은 후, 나는 글을 쓴다는 것에 더 자신감을 가졌는지도 모르겠다.

자신감이라고 하는 것은 자신(自信)을 믿는 것이다. 내 능력이나 나의 가치에 확신을 가지는 것, 글쓰기는 이것부터 시작이다.

가끔 내가 쓴 글을 다시 읽어 보면서 왜 이렇게밖에 표현하지 못하지? 싶을 때도 있고 또 가끔은 어떻게 내가 이런 표현을 하고, 이런 글을 썼을까 싶은 생각이 들 때도 있다. 아마도 내 안에 들어 있는, 나도 인지하지 못하고 있던 속마음이 불쑥불쑥 튀어나와서는 아닐까? 굳이 생각하려 하지 않았던, 혹은 미처 생각해 보지 못했던 이야기들이 '글'이라는 옷을 입으니 새롭게 느껴진 것은 아닐지. 중요한 것은 내가 쓰는 글에 자신감을 가지고 써 내려가는 것, 그리고 그것을 자신 있게 보여 주는 것뿐이다.

　어떤 글을 쓰더라도 내가 쓰는 글이라는 자체로 가치 있다는 마음, 내가 쓰는 글을 통해 내 생각과 마음이 제대로 전달될 것이라는 믿음을 갖는 것으로 글을 쓰는 것이다. 솔직히 지금까지 내가 이런 마음과 이런 믿음으로 글을 꾸준히 써 온 것인지 확신하지는 못하겠다. 하지만 언제나 변하지 않는 것은 '진정성'이 있는 글의 힘이다.

　어렸을 때부터 경험했던 것들은 하나하나가 자신감이 되기도 하고, 꿈이 되기도 했다. 우리네 인생은 오롯이 자신에 의해 한 줄 한 줄 채워 가는 거니까 말이다.

완전 천잰데?

중학교 1학년 때, 담임선생님은 절실한 크리스천이셨던 것 같다. 정확하게 기억나진 않지만, 아이들에게 늘 웃는 모습을 보여 주셨고, 우리를 데리고 봉사활동도 다니셨다. 그렇게 나도 이향숙 선생님 아래서 첫 봉사활동을 시작했다. 그 후, 고등학교에서도 봉사 동아리활동을 하고, 대학교에서도 '한벗'이라는 봉사 소모임활동을 했으며, 작가가 되고서도 봉사활동을 하는 동호회와 밀접한 접촉을 하며 아이템을 찾아냈다.

어쨌든 이향숙 선생님은 특별한 분이셨다. 작은 키에 동그란 눈동자가 선명하게 기억나는, 선생님 덕분에 내가 지금 작가로서의 삶을 살고 있다고 감히 말할 수 있다.

중학교 시절, 교내 춘계백일장 대회가 매년 열렸다. 선생님의 권유로 춘계백일장 대회에 참가했다. 친구네 집에 가서 농사일을 도왔던 경험을 토대로 글을 썼다.

하루는 주말에 친구네 집에 놀러 갔다. 생각보다 먼 거리에 있었던 친구 집은 농사를 지었다. 추수가 끝나 가는 어느 날이었는지 볏짚을 가득 세워 놨던 기억, 그걸 열심히 들쳐 안고 옮겼던 기억, 그 안에서 볏짚에 뒹굴며 놀았던 기억, 생전 처음 먹어 보는 꿀맛 같던 새참의 기억, 해 질 녘의 아름다운 석양까지 모든 게 꿈 같은 어느 날을 적어 내려갔다. 내가 쓴 글이었지만 정말 잘 적었다고 생각했던, 우스운 기억도 난다.

그 글은 교내 춘계백일장 대회에서 장원을 안겨 주었고, 그때 나의 자신감은 아마도 머리 꼭대기에 있었을 것이다. 그런데 선생님께서 교무실로 부르셨다.

"미라야, 너 추수하고 모내기의 차이를 혹시 모르니?"
"네…?"

이게 무슨 말인가 싶었다. 모든 글의 내용은 분명 추수를 하고 난 상황인데 마지막 나의 글에는 '모내기'라는 단어가 너무나 선명하게 박혀 있었다. 마른 볏짚을 나르는 일이 모내기라니…. 아무리 중학생이고, 아무리 농사일을 해 본 적 없는 학생이라지만 추수와 모내기도 구분을 못 하다니. 너무 부끄러워서 숨고 싶었다.

장원이라는 상장 속에 적혀 있던 '자신의 느낌을 진실하게 표현하였으며…'라는 문구가 혹, 나의 이런 무식함마저 끌어안아 준 고마운 문장은 아니었을까 생각해 본다.

홍당무가 된 나에게 선생님은 추수와 모내기를 헷갈린 것 같다 하시며 이 단어를 고쳤노라 하셨고, 이어서 나에게 한마디를 더 해 주셨다.

"미라야, 너는 글을 잘 써서 글로 먹고살겠다. 정말 잘 쓰네."

어린 시절의 경험은 어른이 된 후에도 많은 것들에 영향을 미친다. 나는 선생님의 이 한마디에 글을 쓰는 일이라면 그것이 무엇이든 겁내지 않게 되었다. 선생님의 칭찬은 사소했을 수 있으나 이것이 어린 나에게는 얼마나 큰 힘이고, 응원이고, 격려였는지 모른다.

삶에 찌들어 힘들어 쓰러질 것 같아도 글을 쓰는 일이 행복한 이유가 이때 얻은 자신감 때문이다. 그리고 '추수'와 '모내기'도 모르던 무식함을 절대 잊지 않고 항상 단어를 확인하고 고민하고 생각하며 글을 쓰게 되었다. 우리는 단어 하나로 글을 써 내려가기도 한다. 단어들을 나열해 둔 채, 살을 덧붙여 가며 글을 쓰다 보면 어느새 한 문장이 완성되고, 한 문단이 완성되고, 하나의 글이 만들어진다.

가끔은 섬세하고 정확한 표현을 위해 단어를 찾아 나설 때도 있다. 그리고 그것이 새로운 원동력이 되어 글을 이끌어 가기도 한다. 이런 이유로 글쓰기를 나와의 싸움이라고 표현하는 이도 많지만, 나는 '나와의 새로운 만남'이라고 표현하고 싶다.

사람들은 자기 자신을 잘 모른다. 누구보다 제일 잘 알 것 같지만 사실 가까운 지인보다 자신을 모르는 사람들이 대부분이다. 잘 안다고 말하고 싶겠지만 생각해 보라. 내가 가장 즐거웠던 때가 언제였는지, 내가 가장 슬펐던 때가 언제였는지, 또 내가 가장 많이 화났을 때는 언제였는지를.

나는 당시 경찰이 되고 싶었다가, 군인이 되고 싶었다. 뭔가 제복을 입은 멋진 모습이 부러웠던 것 같다. 그런데 이향숙 선생님의 한마디로 내 꿈이, 인생이 달라졌다. 내가 가장 잘하는 것이, 아니 잘할 수 있는 것이 무엇인지 알게 된 느낌이었고, 나는 언제 가장 행복한 사람인지 깨닫게 되는 순간이었다.

큰아이 민찬이가 저학년이던 때, 하루는 담임선생님께 연락이 왔다. 민찬이의 수학 실력이 부족하다는 것이었다. 아직 어리기에 큰 걱정 없이 본인이 하고 싶은 것을 하도록 격려하고 지지해 주던 때였지만, 막상 이런 전화를 받으니 화가 났다.

'아니, 저학년 수학이 어려워 봤자 얼마나 어렵다고 이걸 못 해?'

씩씩거리며 민찬이에게 수학 문제를 풀라고 시켰다. 빤질빤질하게 앉아서 눈으로 수학 문제를 보고만 있는 아이를 보니 더 화가 났다.

"너, 문제 안 풀어??!!"

"풀고 있잖아. 312."

"너 무슨 수학 문제를 눈으로 푸니? 두 자리 곱셈을 어떻게 눈으로 풀어?!"

화를 내며 문제와 답안지를 봤는데 '312'가 정답이었다. 세상에, 이럴 수가.

"어떻게 답을 맞혔지?"

"눈으로 보고 머리로 계산했는데."

초등학교 3학년에게 나올 수 있는 말인가? 머리로 두 자릿수 곱셈을 하다니?

"민찬이 완전 수학 천잰데?"

진심으로 아이에게 그렇게 말하고 몇 문제를 더 냈다. 역시나 암산으로 너무나 쉽게 문제를 풀어냈다. 나는 어이없을 정도의 아이 실력에 놀라 끊임없이 '천재' 소리를 운운하며 칭찬했고 그 후 민찬이는 정말 수학의 귀재가 됐다. 중학교 1학년이 된 지금도 다른 공부는 죽어라 안 하는데 수학만큼은 100점을 받아 온다.

이 또한 내가 뱉은 "너는 수학을 정말 잘하는구나"라는 한

마디의 힘이었다고 감히 자신한다. 어른들의 한마디에는 아이들의 인생을, 운명을 바꿀 수 있는 힘이 있다.

　나 역시 내가 무엇을 좋아하고, 잘하는지 스스로조차 모르던 때, 그 선생님의 한마디로 글 쓰는 인생을 선택하게 됐다. 지금까지 글로 밥 벌어 먹고살고 있으니, 나로서 이보다 더 잘 사는 삶이 있을까?

아무튼, 국어!

언제부터 글쓰기가 좋아진 건지는 모르겠다. 하지만 확실한 건 어렸을 때는 무작정 주제에 맞춘 글쓰기를 했다면 중학교, 고등학교에 올라가면서부터 쓰고 싶은 글이 생겼다.

사실 그때쯤 글 쓰는 것의 몇 배로 책 읽는 데 빠져 있었다. 엄마가 세트로 사 준 70권은 족히 되는 한국 단편소설 전집부터 시작해서 책꽂이에 있는 책을 무작정 다 읽었다. 특히 한국 단편소설은 한 편의 길이도 적당하고 명료한 문장들이 퍽 마음에 들었다. 그렇게 중학교 때도, 고등학교 때도 항상 책을 읽었다.

책을 많이 읽은 탓에 국어 과목은 어려울 것이 별로 없었다. 학교에서 배우지 않았거나 굳이 아는 지문이 아니라도 어떤 글이든 주제가 무엇인지, 말하고자 하는 것이 무엇인지 알 수 있었다. 그래서 나는 국어가 어렵다는 사람들에게 책을 많이 읽으라고 권한다. 어떤 이들은 책을 읽어도 무슨 내용이었는지 잘 기억이 안 난다고 한다. 그럴 땐 소리를 내서 읽는 습관이 정말 중요하다. 소리를 내서 읽으면 단어 하나, 조사 하나까지도 정확히 내 입으로 발음한 그 말들이 다시 내 귀로 들리는데, 그 의미의 전달력이 눈으로 읽는 것보다 훨씬 좋아진다. 대학생 때 국어 과외 아르바이트를 한 적이 있다. 이때 만난 친구는 국어 성적이 바닥이었다. 다른 과목은 썩 잘했는데 국어만 유독 약해 소리 내 책 읽기 방법으로 국어 1등을 만든 전력이 있다. 확실한 방법이다.

나는 국어가 제일 재미있었다. 그래서 '국어 선생님'이 되고 싶었다. 국어 선생님이 되면 내가 좋아하는 책도 많이 읽고, 자신 있게 아이들을 가르칠 수 있을 것 같았다. 하지만 선생님이 되는 길은 녹록지 않았다. 초등학교 선생님이든, 중학교, 고등학교 선생님이든 되려면 내신성적이 매우 중요했다.

그런데 나는 내신 공부를 해야 할 많은 시간을 책을 읽는 데써 버렸다. 사실 그게 더 편하고 좋았다. 외우는 건 딱 질색인데다가 내가 별로 좋아하지도 않는 과학이나 여타 과목들까지 우수한 성적을 받아야 한다는 압박이 싫었다. 그래서 난 '수능으로 특차를 가겠다'라는 목표로 과감히 내신성적을 포기했다. 요즘 같은 입시 제도에서는 상상할 수도 없는 일이지만, 그때는 수능성적으로만 대학을 가는 특차와 수능과 내신을 함께 보는 정시, 두 가지 전형이 있었으니 가능한 일이었다.

당시 고등학교에는 모든 학생이 필수적으로 해야 하는 '야자'라 불리는 야간자율학습 시간이 있었다. 아침 7시 학교에 가서는 밤 10시까지 공부를 시키는 주입식 교육의 최고봉(사실 야자가 있어서 친구들과 더 친해지고 수많은 추억도 생겼지만). 다른 친구들이 중간고사, 기말고사 공부를 하느라 정신없을 때, 나는 무슨 배짱이었는지 내신 공부는 하지 않고 책을 읽었다. 엄마가 사다 놓은 책, 내가 읽고 싶었던 책, 읽고 또 읽어도 재미있던 한국 단편소설은 10번 이상씩은 보고 또 본 것 같다. 수능에 나올 수도 있다는 자기 합리화를 하면서 말이다.

신나게 책을 읽으면서도 친구들의 공부하는 모습을 지켜만 보는 데 약간의 불안함을 느끼기도 했던 것 같다. 그럴 때면 그 감정에 대해 일기를 쓰든, 글을 적었다. 그때는 친구들과 교환일기도 많이 쓰고 다이어리도 쓰고, 여기저기에 메모하듯이 많은 글을 적었다. 글은 최대한 많이 써 봐야 는다는 것도 그때 경험했다. 이 친구에게 이런 이야기, 저 친구에게 저런 이야기를 쓰면서 내 안에 숨어 있던 많은 것들을 쏟아 내기도 했다. 다독(多讀)과 다작(多作)으로 훈련된 나의 글은 친구들 사이에 재미있는 교환일기로 인기가 있었다. 그래서 더 많은 친구가 교환일기를 쓰자고 했고, 어느 날인가는 많은 양의 교환일기를 쓰는 것에 지쳐 모든 걸 멈춘 기억도 있다.

공부해야 할 시간에 공부는 안 하고 책을 읽거나, 글쓰기만 했던 나는 고3이 시작될 때쯤, 이 상태로 과연 국어 선생님이 될 수 있을까 하는 생각을 처음 했다. 사실 어렸을 때부터 내 꿈은 왕성하게도 변했다. 경찰이었다가, 간호사였다가, 군인이었다가, 의사가 되기도 했다. 의사가 되고 싶었던 이유는 단순했다. 사주팔자에 나는 금이 많으니 '쇠'와 관련된 직업을 가지라는 지나가는 점쟁이 아저씨의 말 한마디에 문과생인 내가 의사가 되겠다고 선언한 것이다. 이게 나의 사주팔자라면 공부해서 의사가 되면 될 것이다. 그게 전부였다. 나보다 2살 어린 동생이 비웃었다. 초등학생도 아니고 뭔 말도 안 되는 생각을 하고 있느냐고. 그 말에 이틀 만에 꿈을 접었다. 일장춘몽(一場春夢) 같았다.

중학교 때 선생님의 말씀에 힘입어 쭉 국어 선생님이 되어야겠다는 생각은 했지만 정작 대학교를 선택할 때쯤에는 꼭 국어 선생님만이 아니라 광고 관련 기획일이나 카피라이터도 관심이 있으니 그쪽으로 방향을 잡아 볼까 하며 중앙대 광고언론학부에 기웃거리고 있었다. 하지만 평소 아들밖에 모르시는 할아버지나, 그 할아버지의 아들이신 아빠나 '여자가 무슨' 집을 떠나 학교에 다니냐며 집 근처로 가라고 하셨고, 나는 선택의 여지 없이 특차로 당시에는 울산에 유일했던 대학교 국어국문학부에 지원했다.

처음엔 학교 선택에 있어 나의 의견은 존중받지 못했다는 생각에 혼자 속상해했지만, 시간이 지날수록 울산에서 학교를 다닌 것이 매우 바람직한 선택이었다는 생각을 한다. 서울에 가서 좋은 교육을 받는 것도 좋았겠지만, 큰돈 들이지 않고(자랑을 조금 하자면 장학금도 2번인가 3번 받았다) 안전하게 학교 다니면서 지역 방송국까지 바로 온 것이 현실 아닌가.

어쨌든 문예창작과와 국어국문학과가 있는 국어국문학부에 입학해서 문예창작학과를 선택했지만 선택한 인원이 너무 적어 결국 문예창작학과는 없어지고 모두 국어국문학과로 갈 수밖에 없었다. (문예창작학과가 사라진 국어국문학부에 유일하게 남은) 국어국문학과는 교육학과가 아니라서 만약 국어 선생님이 되는 자격을 얻으려면 교직 이수를 해야 하고 그러려면 다시 교육대학원에 진학해야 했다.

사실 사람들은 국어국문학을 전공한다고 하면 "그거 해서 뭐해 먹고 살래?"라던가 "쓸데없는 거 배운다"며 혀를 쯧쯧 차기도 했다.

그런 사람들에게 국어국문학과를 졸업하면 향후 어떤 일을 할 수 있고, 혹은 교육대학원을 가서 교직이수를 하고 임용시험을 볼 수 있는 기회도 있노라 설명까지 하고 나면 이미 몇 년의 대학원 생활과 임용준비를 하고 있는 듯한 착각마저 하게 되었지만, 결론적으로 내가 진정 원하던 것은 시험과의 사투가 아니라 '글'을 쓰는 일이었다.

국어 선생님이 되고자 조금은 단순하게 결정했던 나의 꿈은 점점 현실에 부딪혔다. 글을 쓰는 일과 글을 읽는 일, 국어를 가르치는 일은 엄연히 다른 일이었다.

시인은 못 하겠다

고등학교 때 나는 동아리활동을 많이 했다. 고등학교 시절 모든 추억은 동아리에서 만들었던 것 같다. 공식적으로는 '한별단'이라는 봉사활동 동아리에서 활동하고, 비공식적으로는 (꼭 불량 서클 같지만) 'T.O.C(Total Of Characters)'라고 불리는 댄스 동아리에서 춤을 췄다. 엄청난 경쟁률을 뚫고 한 학년에 5명만 뽑는, 여고에서는 흔하지 않은 브레이크 댄스 동아리였다. 1990년대 최대 팬클럽을 보유했던 아이돌그룹 H.O.T.의 '전사의 후예', '늑대와 양', 'We are the future'를 비롯하여 H.O.T와 쌍두마차였던 젝스키스의 '폼생폼사', '기사도', '무모한 사랑' 그리고 신화의 '해결사', 'T.O.P.' 등 여전히 몸이 기억하는 그때의 음악들… (여전히 활동하는 오빠들 파이팅!)

댄스 동아리 연습을 위해 우리는 매일 점심시간, 저녁 시간에 춤 연습을 했다. 지금처럼 학교에서 급식을 먹었다면 상상할 수 없는 일이지만 그때는 도시락을 두 개씩 싸서 학교에 다니던 때였다. 똑같은 반찬 두 번 먹일 수 없어서 하루에 도시락 두 개에 다른 반찬을 정성스레 싸 주셨던 엄마의 마음은 두 아이의 엄마가 된 이제야 진정으로 알겠다. 도시락을 더는 싸지 않아도 되는 때가 되었을 때, 엄마의 해방감은 오죽했을까.

어찌 되었든 쉬는 시간에 후다닥 도시락을 먹고 점심시간에 춤 연습을 하고, 6교시 마친 청소 시간에 저녁 도시락을 까먹고서는 저녁 시간에도 춤 연습을 했다. 그리고 주말이면 댄스경연대회가 열리는 곳을 찾아 달려갔다. 지금 생각하니 우리는 재미있는 추억이지만 부모님들은 춤만 추는 우릴 보며 얼마나 걱정하셨을까 싶다.

'한별단'에서 봉사활동한답시고 돌아다니고, 춤추는 동아리에서 대회 나간다고 돌아다니고. 엄마 아빠를 안심시켜 줄 만한 활동을 하나는 해야 했다. 그때 선생님께서 학교 교지편집부 일을 시키셔서 1년에 한 번 하는 행사인 시화전에 작품을 내고 액자를 만들게 되었다. 일기나 수필은 많이 써 봐서 자신 있었지만 시(詩)는 처음이라 엄두가 나지 않았다.

학교 독후감 대회에 나가서 교육감상도 받고, 교내 글짓기대회에서도 상을 종종 받은 나에게 거는 기대가 컸다. 처음으로 글을 쓰는 것이 겁이 나려고 했다.

'시를 어떻게 써야 하지?'

수업 시간에도 시를 배웠고, 시의 기본적인 개념도 누구보다 잘 안다고 생각했다. 시를 보고 이 표현법이 무엇이냐를 맞

히는 문제는 눈을 감고도 맞힐 수 있는데 내가 직접 시를 쓰는
건 문제가 달랐다. 주제도 잡지 못하고 화자니 뭐니 아무것도
모르겠다는 생각뿐.

빨리 시를 제출해야 액자를 주문하고 시화전 준비할 수 있
는데 나는 한 글자도 적지 못하고 일주일을 보냈다. 누구에게
도 말하지 못하는 고민이 생긴 순간이었다.

우선 엄마의 책꽂이로 가서 시집 몇 권을 챙겼다. 그리고 그
시집들을 정독하기 시작했다. 시집을 정독한다고 뭐가 달라지
겠냐만 그래도 아무것도 안 하고 빈 종이만 들여다보는 것보다
는 낫겠다 싶었다.

그렇게 시를 보다가 마음에 드는 구절들을 하나씩 적었다.
그리고 그것들을 가지고 이렇게 저렇게 배치도 해 보고 뭔가
시 비스름하게 만들어 갔다. 그렇게 짜깁기한 시로 한 번도 해
보지 않은 사랑에 관한 시를 적었다. 거의 베꼈다는 표현이 맞
을 것 같다.

제출 기간이 다 되어서야 시 한 편을 제출했고 그것은 나
의 이름을 달고 화려하게 액자 위에 앉았다. 액자는 정말 멋있
게 장식이 되었지만 난 한없이 부끄러웠다. 내가 쓰지 않은, 어
디서 하나씩 주워담아 만들어진 나의 시가 너무나 부끄러웠다.
누군가 이 시에 들어 있는 문장의 출처를 알고 혼낼 것만 같았
다. 학교 본관 앞 잔디밭에서 시화전이 열렸던 그 일주일이 내
생애 가장 떨리는 일주일이었던 것 같다.

후에 시화전에 냈던 액자를 돌려받고 집으로 가져왔는데 글자가 보이도록 놓을 수가 없었다. 엄마 책장에서 뽑아 온 시집에서 따온 문장들이니 엄마가 알아채 버릴 것만 같았다. 그렇게 멋지게 장식되었던 액자는 우리 집에서 종적을 감추었다. 아마 내가 실수인 척 깨트렸는지도 모르겠다. 그렇게 내 생애 첫 시(詩)이자 마지막 시(詩)는 기억조차 나지 않는 먼 곳으로 보냈다.

글을 쓰다 보면 이 글이 내 글인지 아닌지 모를 정도로 어디선가 본 듯한 문장이라는 생각이 들 때가 있다. 특히 다독(多讀)을 한 사람의 경우 이런 일이 비일비재하다. 너무 많은 책을 읽은 탓에 내 기억 속에 좋았던 문장이나 표현들이 줄줄 흘러나오는 것이다. 하지만 이것은 절대 나쁜 것이 아니다. '모방은 창조의 어머니'라 하지 않았던가.

처음은 온전할 수 없다. 처음 시를 썼던 나도 벽에 부딪히며 모방을 했듯이 어떤 글이든 처음부터 내 마음에 쏙 들 수는 없다. 그렇게 계속 글을 적어 가면서 내 생각이 더해지고 내 느낌이 더해져서 새로운 문장이 되고 더 나은 문장이 되어 가는 것이다.

그때 내가 썼던 시(詩)를 지금까지 가지고 있었더라면 나는 그 시를 재해석해서 나의 시로 만들었을 텐데 조금 아쉬운 생각이 든다. 사실 그때의 충격으로 나는 다시는 시를 쓰지 못했다. 또다시 그런 짓을 하진 않겠지만 자신감이 없어진 탓인지 시는 엄두도 내지 못하고 있다.

더 어린 시절에는 분명 동시도 쓰고 했을 텐데 나는 여전히 그때의 시화전 액자 속에 갇혀서 나의 체질을 운운하며 열심히 산문에만 열중이다. 만약 선생님께 나의 고민을 털어놓고 상의했었더라면, 아니면 엄마한테 이 상황에 관해 이야기했었더라면 나의 글의 세계가 조금은 더 넓어지지 않았을까?

요즘 유행하는 짧은 시들을 보면 그 위트에 감탄이 흘러나온다. 나도 그런 짧고 강력한 시를 써 보고 싶다. 하지만 아직 그때의 죄책감을 깨고 나오려면 조금 더 시간이 필요한가 보다.

한동안 유행하던 '좋은 글 필사하기'는 글을 처음 시작하는 분들에게 강력히 추천한다. 그렇게 시작하면 된다. 내 글이 아니라도 괜찮다. 좋은 글을 많이 접하면서 생각의 폭을 넓혀 가 보는 건 어떨까. 여러 생각이 머릿속에 부유하게 놔두는 게 아니라, 여러 생각 속에 진짜 내 생각을 찾아내고 정리해 보는 것. 생각이 많은 이에겐 이것이 숨 쉴 구멍을 만드는 작업이 되기도 할 것이다.

"문창과 어디 갔노?"

1999년 12월 19일, 내 생일이라 정확히 기억한다. 나는 '계획대로' 울산에 있는 당시 유일한 4년제 대학교 국어국문학부에 특차로 합격했다. 부모님의 말씀처럼 난 울산을 벗어나지 않았다. 하지만 더는 정시에도 도전하지 못하는, 그야말로 빼도 박도 못하는 결정을 내리게 되었다. 고등학교 3년 동안 꿈꾸었던 국어 선생님이 바로 될 수는 없는 학과였지만 국어국문학부 안에 국어국문학과랑 문예창작학과가 있어서 그나마 마음에 들었다. 학부생들은 1년 공부하다가, 2학년 때 원하는 진로에 따라 학과를 선택하면 되었다.

'그래, 이번 기회에 글을 쓰자. 문예창작학과로 가서 멋지게 글을 쓰는 방법도 배우자!'

이런 결심으로 학부 1학년 때는 전공과목보다는 문예창작학과 관련 과목들로 시간표를 채웠다. '시의 이해', '시창작론', '희곡의 이해', '소설의 이해', '소설창작론', '아동문학론' 등 글을 쓸 수 있는 모든 수업을 섭렵했다. 특히 나를 위축되게 하는 시(詩) 과목은 전부 수강했다. 실제로 시 전공 수업에서는 시인 교수님을 만나 많은 걸 배웠다.

일반인과 대학생들이 참가하는 '하동 토지문학제' 같은 다양한 문학제에도 참가하며 경험을 쌓았다. 전공을 하면서 보니 글을 쓰는 내 실력이 참 모자란다는 것도 느꼈다. 초라한 나의 글쓰기 실력을 한없이 마주하는 시간이었다.

'시의 이해'나 '시창작론'은 다행히 열심히 하는 모습으로 A+를 받았으나 '희곡의 이해' 수업은 희곡을 한 편 써야 했는데, 머리 짜내어 나름 인물을 설정하고 갈등 상황을 만들고 클라이맥스까지 적어 냈으나 "무슨 사랑과 전쟁을 찍냐"는 교수님의 혹평에 자신감은 날개를 잃고 바닥으로 추락했다. '소설의 이해' 시간에는 다행히 소설을 쓰지 않아서 무사히 넘길 수 있었다. '아동문학론'은 아주 재미있게 수업을 들었던 것 같다. 아동문학이라고 해서 동화만 지칭하는 것은 아니라는 큰 깨달음과 함께.

글을 쓰는 일은 내 천직일 것이라 여기고 문예창작학과를 택하려던 내게 창작 수업의 참패는 많은 것을 고민하게 했다. '내가 너무 잘난 척했구나' 하는 반성과 '문예창작학과에 가서 살아남을 수 있을까?' 하는 고민까지. 하지만 이 고민을 그리 오래 할 수 없었다. 2학년이 되어 과를 선택하는데 문예창작학과를 선택한 사람이 나와 이미 등단을 한 동하 오빠뿐이었다.

동하 오빠는 시로 등단을 한 어엿한 시인이었다. 나이는 나보다 두 살 많았지만, 글을 쓰기 위해서 다른 과에서 국어국문학부로 전과를 했던 걸로 기억한다.

어쨌든 단 두 명만으로 문예창작학과를 운영하는 데 무리가 있으니 결국 문예창작학과는 역사 속으로 사라지는 순간이 다가온 것이다. 그래도 창작 수업은 꾸준히 개설할 것이라는 학교의 달콤한 꼬드김에 우리 둘도 결국 국어국문학과로 결정을 했다. 사실 우기면 문예창작학과로 졸업할 수도 있었지만, 현실과 타협했다.

국어국문학과로 2학년을 시작한 우리는 여느 국어국문학과 학생들처럼 전공과목에 집중해야 했다. 창작 수업은 처음 학교에서 우리에게 약속했던 것과는 달리 점점 사라져 갔다.

국어국문학과에는 여러 학회가 있었다. 문예창작을 하는 '창작학회', 현대 작가 사상을 연구하는 '비나리', 고전문학을 연구하는 '고전학회' 이렇게 세 학회와 민중가요를 부르는 소모임인 '뗏고함', 봉사소모임인 '한벗' 등. 학생 대부분이 하나씩은 모임에 들어갔고 나는 나름대로 문예창작학과를 지망했던 학생으로서 창작학회가 맞을 것 같았다. 그러나 창작학회에서는 매년 5월 시화전을 열었고, 시(詩)에 이미 한 번 겁을 먹었던 나는 창작학회활동을 열심히 하지 않게 되었던 것 같다. 그래도 창작학회가 있었기에 많은 선후배와 가까워질 수 있었고 현재까지도 하늘 같은 기수의 선배들과도 연락하며 지내고 있으니 많은 걸 얻었다 생각한다.

　사람들은 많은 편견을 가지고 있다. 국어국문학과라고 하면 '한자를 많이 알 것'이라고 생각하고, 의류학과를 다닌다고 하면 '패션 감각이 특출날 것'이라고 생각하고, 게임학과라고 하면 '프로게이머처럼 게임을 잘할 것'이라 생각한다. 하지만 이는 오산이다. 국어국문학과에서는 기초생활 한자만 다룰 뿐 굳이 한자를 죽어라 쓰진 않는다. 오히려 '국문학개론'이나 '고전문학강독'과 같은 한자가 반인 수업을 들을 때면 다들 한자 밑에 음을 달기 바쁘다(물론 예외도 있겠지만).
　의류학과는 옷을 만드는 과가 아니라 의(衣)에 관한 모든 기초를 배우는 곳이라고 한다. 패션은 글로 배우는 것이 아니니까 말이다. 게임학과 역시 게임을 하는 과가 아니라 게임 개발자를 양성하는 곳이다.

　이런 이야기를 하는 이유는 대학과 전공을 정할 때, 그리고 진로를 정할 때 관련 학과에 대한 이해도가 필요하다는 말이기도 하지만 굳이 관련 학과를 나와야만 일을 잘할 수 있는 건 아니라는 말이기도 하다. 처음 문예창작학과가 사라지고 국어국문학과로 가야 했을 때 크게 실망했었다. 이제 글 쓰는 일은 포기해야 하는 건가 싶었다. 하지만 그것은 나의 의지에 달린 것이지 결코 학과 선택으로 결정되는 것이 아니었다.
　방송작가 생활을 하면서 만나는 작가님 중 국어국문학과나 문예창작학과를 나온 사람은 몇 명 보지 못했다. 오히려 작가와는 전혀 상관없는 과에서 공부하고 작가가 되기 위해 준비를 한 후, 방송작가가 된 사례가 70~80%는 되는 것 같다.

글을 쓰고 싶다면, 혹은 작가가 되고 싶다면 지금 무슨 공부를 하든 상관없다. 다른 전공을 한 사람이면 또 다른 이로운 부분이 있을 것이다. 남들은 모르는 타전공 분야에 대한 글은 누구보다 잘 적을 테니 말이다. 글을 쓰기 위해 글과 관련 없는 학과라 학업을 중단하려는 사람이 있다면 꼭 졸업은 하라고 말하고 싶다. 전문가가 되길 바란다. 어떤 것에서든.

홍보문구로 돈 벌기

대학교에 다니면서 4년이라는 시간 동안 나는 정말 많은 경험을 하고 싶었다. 할 수 있는 것은 무엇이든. 사실 집에 가는 게 싫었다. 나중에서야 깨달았지만, 집에 대한 트라우마가 있어서(어린 시절 집이 조금 시끌벅적했다) 집안 상황이 어떨지 모르니 들어가기 겁났던 것 같다. 하지만 처음엔 '내가 역마살이 있어서 집에 안 들어가고 싶어 하는구나!' 생각했다. 공식적으로 집에 최대한 늦게 가는 방법은 아르바이트였다.

대학생이 되고 아르바이트를 구하기 위해 '아르바이트 구함'이라는 종이를 얼마나 보고 다녔는지 모른다. 그 당시에《교차로》같은 신문의 구인란을 열심히 살피면서 아르바이트를 구했다. 지금 생각하면 웃긴, 당시에는 후들후들했던 아르바이트 면접들이 이후 하나하나 경험이 되어 나를 단련시킨 것은 분명하다.

바(bar)는 친구들과 가던 그냥 맥줏집과 다른 곳이라는 걸 아르바이트를 구하면서 알았다. 아르바이트를 구하러 온 나를 보고 "일어서서 한 바퀴 돌아보라"는 사장님의 말에 무언가 다른 곳이라는 생각을 했다. 또 한 번은 노래방 아르바이트생을 구한다기에 나는 단순하게 '계산대를 보는 일'이라 생각하고 전화기를 들었다.

"학생, 몇 살이에요?"
"노래방에서 뭐하는 일인지 알고 전화했어요?"

아뿔싸. 내가 생각했던 것과는 전혀 다르게 신나게(?) 놀아야 하는 일이었다. 잠시지만 괜한 전화로 시간을 빼앗아서 죄송하다는 마음으로 "죄송합니다" 하고 전화를 끊었다.

이후 내가 찾았던 아르바이트는 시급 1,800원짜리 삼겹살집 서빙, 스파게티집 서빙 그리고 조금 발전해서 레스토랑 직원, 국어 과외, 논술 과외, 학원 강사 등이었다. 대학 생활 내내 아르바이트를 했다. 그야말로 '알바의 여왕'이었다. 돈도 꽤 모았다. 솔직히 일하느라 돈 쓸 시간이 없어서 모았다는 게 바른 말이다.

그렇게 오전 9시부터 오후 1시까지는 수업으로 꽉 채우고, 오후 2시부터 학원에서 국어 강사 아르바이트를, 그것을 마치고는 레스토랑에서 새벽 3시까지 마감 아르바이트를 했다. 1년 가까이 그렇게 생활을 하니 내가 살아 있는지 죽어 있는지도 모르겠고 학교를 왜 다니는지도 모르는 상태가 되어 버렸다. 과 친구들과도 소원해지고 무엇인가 피폐해졌다. 경험을 위해 선택한 아르바이트와 주객전도되어 나 스스로 갉아먹는 느낌이었다.

우선 새벽 시간 마감까지 하던 레스토랑 아르바이트를 그만두고 그나마 아이들을 가르치면서 전공 공부도 저절로 되는 학원 국어 강사 아르바이트를 이어 갔다. 사람은 듣기만 해서는 온전히 배운 내용을 이해하지 못한다. 가르친다는 것은 가르칠 내용을 제대로 뼈 깊이 이해하고 제대로 알아야만 한다. 학원 강사 일이 그랬다. 수업을 들을 때는 무슨 말인지 모르던 것도 수업하기 위해 공부를 하니 술술 이해가 갔다. 무엇보다 충격적인 사실은 대학에 와서 전공 시간에 배우는 대부분 내용아 이미 중학교, 고등학교 때 배웠던 것들이라는 것이었다. 역시 공부의 기본은 초·중·고등학교에서 다 배우는 것이다. 학교 수업 시간만 열심히 들어도 특별한 사교육 없이 100점 받을 수 있고, '공부가 가장 쉬웠어요'라고 말하는 그들처럼 될 수 있을 거라는 확신이 드는 순간이었다.

학원 수업이 빌 때면 과제를 하거나 학교 홈페이지를 살펴보았는데 한 번은 '울산대학교 캐치프레이즈 공모전'이라는 배너를 발견했다. 울산대학교의 비전과 목표를 담은 캐치프레이즈를 공모한다는 것. 이 공모에 당선되면 1등은 상금 100만 원과 상장, 2등은 상금 50만 원과 상장을, 3등에게는 상금 30만 원과 상장을 주고 앞으로 울산대학교를 홍보하는 문구로 쓰인다는 것이었다.

'어떤 아르바이트보다 낫다!'

처음 든 생각은 이거였다. 시급 1,800원짜리 아르바이트를 하루에 5시간씩 30일 꼬박해도 27만 원밖에 벌지 못하는데 이건 시급 5,000원, 아니 몇만 원짜리였다. 그래서 바로 그 자리에서 생각하기 시작했다. 우리 학교가 지향하는 바는 글로벌한 인재를 육성하는 것이고, 앞으로 성장해서 울산이 아닌 다른 곳으로 더 뻗어 나가길 바라는 것이다. 그렇다면 전국구로 갈까? 아니다. 세계로 가자!

'세계로 뻗어 나가는 세상의 중심, ○○대학교'

아직도 정확하게 기억나는 문구다. 사실 고민은 한 5분 정도 했던 것 같다. 그리고 바로 공모전에 넣었다. 결과 발표일만을 기다렸다. 처음에는 가볍게 생각했던 시간 대비 고가의 아르바이트 정도였다. 하지만 조금씩 스스로 의미를 부여하기 시작했고 어느 순간(나 혼자만의 생각이었겠지만) 이것은 국어국문학과의 명예를 건 중대한 문제로 커져 있었다.

드디어 결과 발표일, 오후 늦게서야 공모전 당선자가 발표

됐다. 어떻게 된 영문인지 1등과 2등은 없고 3등만 있었다. 다행인지 불행인지 나는 3등에 당선되었다. 학교에서 생각했던 것만큼 대단한 홍보 문구가 나오지 않아서 아마 1, 2등은 뽑지 않고 그래도 보내온 성의가 있으니 3등은 뽑아 주겠다고 한 것인지 모르겠지만 몇 등이든 어쩌랴. 공모전에 당선되었다는 것이 중요한 것이지. 결과 발표가 나고도 한참 동안 학교에선 아무런 소식이 없었다. 난 당당하게 상금과 상장을 받으러 갈 준비가 되어 있는데. 기다리다 참지 못하고 학교 홍보실에 전화했다. 왜 시상식이나 그런 거 없냐고, 당돌하게도 말이다. 학교에서는 상금 30만 원을 나의 계좌로 보내 주었다. 상장은 20년이 지난 지금까지도 소식이 없다.

내가 만든 첫 책

나의 아르바이트는 국경을 뛰어넘었다. 대학교 2학년 초, 갑작스레 휴학하고 막내 고모가 계시는 하와이로 어학연수를 갔다. 정확히는 보내졌다. 어떤 마음의 준비도 되지 않은 상황에서 휴학하고 가게 된 미국행이라 걱정이 태산이었다. 막막했다. 그것도 생애 첫 비행이 19시간짜리 하와이행이라니(지금은 하와이 직항이 생겼지만, 당시에는 직항이 없어서 일본에 들렀다가 하와이로 가는 경로가 유일했다). 당시 나는 영어 문법은 자신 있어도 듣기는 꽝이었다. 그런데 나 혼자 비행기를 타고 일본에 들렀다가 다시 하와이로 가는 미션이 주어진 것이다.

경유지인 일본 나리타 공항에 도착했을 때, 스피커로 일본어가 나오는데 하나도 알아들을 수 없었다. 일본어 안내가 끝나고 영어로 다시 한번 안내가 나오는데 '하와이(Hawaii), 딜레이(delay), 인포메이션(information)' 정도가 들렸던 것 같다.

'뭐야? 하와이 비행기가 문제가 생긴 건가?'

그 자리에 가만히 앉아서 3시간쯤 어리둥절해 있다 보니, 일본인 승무원이 다가와 다정하게 일본어로 말을 건넸다. 울컥, 눈물이 날 뻔했다. 타국에 와서 말도 알아듣지 못하고 바보처럼 있는 내가 한심했다. 그랬더니 그 승무원은 다시 영어로 하와이 가냐고 물었고, 나는 그저 고개만 끄덕였다. 그 승무원은 나를 안내대로 데려갔고, 내가 타고 가야 할 하와이행 비행기가 문제가 생겨 8시간 연착이 된다는 소식을 확인해 주었다(이것도 대충 눈치껏 알아들은 것이다). 그리고 공항과 연결된 호텔의 키와 새로 뽑은 항공권을 주며 내일 아침에 탑승하라고 했다. 그렇게 혼자 일본의 한 호텔 방에 들어가 행여나 잠들어서 비행기를 놓칠까 봐 뜬눈으로 밤을 지새우고 다음 날 하와이행 비행기를 무사히 탔다.

이후 하와이에 가서도 영어를 못해서 여러 해프닝이 있었으나 하와이에서의 생활이 그것들을 다 잊게 했다.

난 하와이에 가서도 아르바이트를 했다. 공부하러 갔다지만 학교에 가지 않는 시간에 멍하니 있는 건 용납할 수 없는 일이었다. 한국에서 아르바이트로 바쁘게 살아온 시간이 나를 그렇게 만들었다. 그래서 (주 3일 열리는) 하와이 전통시장에서 특유의 프린트가 된 하와이 전통의상을 파는 고모 가게에서 일을 시작했다. 새벽에 같이 일어나 하와이 스타디움에 판을 폈다. 옷을 걸기 위한 옷걸이 수십 개를 세팅하고 상자에서 옷을 꺼내 일일이 걸었다. 그렇게 세팅을 끝내고 나면 하와이로 여행

온 외국인들이 선물용으로든 여행 기념으로든 하와이 전통의상을 사기 위해 가게에 들어왔다. 고모와 고모부, 나, 그리고 당시 10대였던 고종사촌 동생까지 합류해서 장사했다.

이왕이면 옷이 더 잘 팔리게 할 방법은 없을까 고민을 하다가 사촌 동생에게 우리가 직접 전통의상을 입고 일을 해 보자고 제안했다. 아니나 다를까. 동양인 아가씨 둘이 하와이 전통 원피스를 입고 장사를 하니 관광객들이 몰려들었다. 한국에서는 그다지 날씬한 편도, 스스로 자부할 정도의 꽃 미모도 아니었는데 엄청난 덩치의 외국인들 눈에는 아기자기한 예쁜 모습으로 비친 것 같다. 우리가 입은 옷은 그날 다 매진이 됐고, 다음 날에 다른 옷을 입자 그 옷도 불티나게 팔렸다. 장사가 잘되니 자신감이 생겼다. 영어를 잘하진 못했지만, 장사하는 데 필요한 말들은 정해져 있었다.

"Try on!"
"Looks skinny!"

이 두 마디면 3XL를 입는 덩치 큰 외국인도 만족하며 옷을 샀다. 그렇게 일주일 중에 3일은 엄청난 에너지로 장사를 하고 나머지 4일은 여유로운 시간을 보냈다. 야자수 나무 밑에 누워 잠을 자기도 하고 장을 보러 가기도 하고 아무것도 하지 않고 쉬었다. 처음에는 아무것도 하지 않고 쉬는 날이면 어떻게 시간을 보내야 할지 어색했는데, 서서히 까매진 얼굴만큼 어느 순간부터 전형적인 하와이언처럼 쉼 자체를 즐기게 되었다.

하와이 어학연수는 건강상의 이유로 3개월 만에 끝이 났고, 그렇게 나는 여전히 영어를 유창하게 하지는 못하지만, 하와이에 있는 동안 영어가 들리기 시작하면서 자신감 하나는 얻어 돌아왔다.

그리고 또 하나, 죽기 살기로 살지 말자는 교훈을 얻었다. 밤잠 설쳐 가며 아르바이트 2~3개 뛰는 것이 과연 나에게 어떤 도움이 되는지, 글을 쓰겠다고 국어국문학과에 들어와서는 글 한 줄 쓸 시간 없는 삶을 사는 것이 과연 무엇을 위한 삶인지 생각하게 했다.

그 후 나에게 도움이 될 만한 아르바이트를 찾기 시작했다. 돈을 많이 주지 않아도, 내가 글을 쓸 수 있고, 글에 대해 고민할 수 있는 일이라면 좋겠다는 마음에서였다. 그렇게 찾은 아르바이트가 울산의 맛집 119곳을 정리해서 맛집 책자를 발간하는 일이었다.

책자를 만든다고 하니 내가 모르는 일이라는 생각에 처음에는 망설여졌다. 하지만 맛집 한 곳, 한 곳을 최대한 가 보고 싶도록 글을 쓰기만 하면 된다는 대표님의 말에 까짓것 한번 해 보기로 했다.

처음엔 맛집을 직접 가 봐야 글을 쓸 수 있을 것 같아서 한

군데씩 찾아갔다. 그런데 일일이 음식을 맛볼 수도 없고, 그냥 외관만 쳐다보고 오는 꼴이 되기 일쑤였다. 이런 식으로는 어떤 글도 쓸 수 없겠다 싶어 식당에 들러 메뉴판에 적힌 모든 메뉴를 적고, 가게 내·외부와 음식 사진을 모두 찍어 왔다. 그렇게 모은 맛집에 관한 자료를 통해 나는 음식의 맛을 상상하기 시작했다. 직접 맛보진 못했지만, 음식들은 내 상상 속에서 근사한 식사가 되었고 그 맛은 나의 글로 옮겨졌다.

한 달여 만에 「울산 맛집 119」라는 책자가 발간됐고, 나도 기념으로 한 권 가졌는데 지금은 어디로 갔는지 흔적을 찾을 수 없다. 진짜 맛집인지, 그냥 일반 식당인데 맛집처럼 꾸며진 건지 알 수 없는 그 작업을 하면서 상상하는 훈련을 제대로 했다.

사진을 보고 그 맛집의 이미지를 구체화하고 메뉴를 보며 그 맛을 상상하는 일은 참 어려운 일이었지만 말이다. 혹시 그 옛날 「울산 맛집 119」라는 책자를 보고 맛집을 찾아갔다가 낭패를 본 분이 계신다면 이 지면을 빌려 사죄드리고 싶다.

안녕하세요 하 작가입니다

대학교 4학년, 나는 한 입시학원에서 국어 강사 아르바이트를 하고 있었다. 초등학생부터 고등학생까지 아이들을 가르치면서 어른인 척했지만, 졸업을 앞두고 미래에 대한 고민을 피할 수 없었다. 국어 선생님이 되려면 대학 졸업 후, 다시 교육대학원에 가서 교직을 이수하고 임용시험을 쳐야 했다. 많은 동기가 그 선택을 했다. 정말 선생님이 되기 위해 그런 친구도, 당장 무엇을 해야 할지 몰라서 그 길을 따라간 친구도 있었다. 나역시 그 길을 가야 하는 건가 고민하며 교수님과 상담도 했다. 똑같이 그 길을 가지 않으려면 무언가 내가 할 수 있는 일을 찾아야 했다.

교수님들도 교육대학원에 가서 교직을 이수하거나, 일반대학원으로 가서 국문학을 전공하길 바라셨다. 내 마음도 그 방향으로 흘러가고 있었다.

그러던 중, 학교에서 졸업을 앞둔 학생을 대상으로 진행하는 무료 취업 프로그램에 친구와 함께 신청하게 되었다. 다른 과에서도 약 10명 정도가 뽑혔다. 그렇게 일주일간 모든 수업을 빼고 취업 프로그램에 집중했다. 다들 앞으로 자신이 어떤 길로 가야 할지 고민했다. (20년 전에도 지금처럼 취업이 힘들었나 싶은 생각이 들기도 하지만) 전공을 살려서 일을 찾기란 쉬운 일이 아니었기 때문에 졸업하기 전에 어디든 취업만 하면 좋겠다는 생각을 하는 사람들도 있었다.

'나는 진짜 하고 싶은 게 뭐지?'

국어 선생님이 아닌 다른 미래를 그려 봤다. 그리고 나의 성향과 적성에 맞춰 나온 답은 'TV든 신문이든 내 이야기를 마음껏 펼칠 수 있는 기자'였다.

나는 취업 프로그램을 통해 기자가 되려면 어떤 걸 공부해야 하는지, 어디서 취업 정보를 얻고, 어떻게 준비해야 하는지를 듣고 실제로 제출할 이력서까지 써 봤다. 정장을 갖춰 입고 실전 같은 면접 연습도 했다. 그런 경험은 처음이었다. 졸업을 앞둔 학생들에게는 정말 필요한 수업이었다.

당시 함께했던 친구 지은이는 작가가 되고 싶어 했다. 얌전하고 예쁘장한 지은이에게는 작가가 딱 맞는다고 생각했고, 돌아다니는 거 좋아하고 말하는 거 좋아하는 나에게는 기자가 딱 맞는다며 우린 서로 난리가 났다. 이미 기자가 되고, 작가가 된 듯이 좋아했다.

우리는 일주일간 열심히 참여했던 취업 프로그램 덕분에 하고 싶은 일을 찾았고, 그 일을 하기 위해서 어떤 것을 어떻게 준비해야 할지 조금이나마 갈피를 잡을 수 있었다. 그 프로그램에 참여했던 다른 4학년들도 다들 원하는 곳에 취직했다는 소식이 들려왔다. 우리 역시 꿈을 찾았고, 꿈을 꾸었고, 꿈을 이루었다. 정말 작가가 되고 기자가 되었다. 그것도 지역에서 내로라하는 방송국의 방송작가와 지역 제일가는 신문사 기자가되었으니 이보다 행복한 결말이 어디 있겠는가.

단, 작가가 되고 싶었던 지은이가 기자가 되었고, 기자가 되고 싶어 했던 내가 작가가 되었다는 사실은 우리 둘만 기억하겠다.

작가가 되기까지 나를 만든 건 엄청난 아르바이트의 경험이었다. 나의 아르바이트 체험기는 내 삶의 기록이다. 방송작가도 사실 직업의 개념이 아닌 아르바이트 정도의 개념으로 찾아갔던 게 그 시작이 되었다.

평소 과사무실에서 조교 언니들과 친하게 지냈던 탓에, 방송국에서 막내작가를 구한다고 과사무실로 전화가 왔고, 조교 언니는 '알바쟁이 미라한테 주면 되겠다'라는 생각으로 편성제작국 팀장님의 연락처를 나에게 넘겨 주었다. 그것이 이렇게 인연이 되었다.

아무것도 몰랐으니 겁 없이 도전했다. 이렇게 말하니 아주 쉽게 방송작가가 되었구나, 싶을 수 있지만 그사이 여러 번의 시련이 있었다. 그리고 그 시련들은 아주 운이 좋게 방송아카데미도 거치지 않은 나를 방송작가를 만들었다.

기자가 된 지은이는 울산에서 발 빠르게 기자로 활동하다가 같은 일을 하는 남편을 만나서 다른 지역으로 이사를 했다. 그래서 자주 볼 수도 없고, 연락을 자주 하진 않지만, 서로의 기억 속에 최고의 파트너로 남아 있다.

시간이 벌써 19년쯤 지나고, 내 나이 마흔이 넘고 보니 아직 미래를 찾지 못한 어린 친구들이 이리저리 부딪히고 아파하는 현실이 안타깝고 마음이 아프다. 잘 몰라서 못 하는 것인데, 안 한다고 욕을 먹고 있을지도 모르고, 하고 싶은데 할 수 있는 방법이 없어서 버티고 있는데 그걸 한숨으로 바라보는 어른들 때문에 힘들어하고 있진 않은지, 무엇이든 닥치는 대로 할 수 있을 것 같았던 패기가 자칫 위험한 방향으로 이끌진 않을지 우려스러울 때도 있다. 그래도 나는 그들에게 이렇게 말해 주고 싶다.

꿈이 있다면 조금 더 용기를 낼 것.
꿈은 언젠가 이루어진다는 말을 믿을 것.

방송작가로 가는 길

대학교 4학년 2학기 마무리할 즈음, 교수님들을 모셔 놓고 사은회라는 행사를 한다. 4년 동안의 많은 가르침에 감사를 전함과 동시에 뒤로는 그렇게 열심히 배운 제자들이 졸업하기 전에 어디에 취직했노라 명함을 돌리는 자리이기도 하다. 공대는 울산에 대기업도 많고 회사가 많으니 취업하는 사람이 많은 편이라 사은회가 꽤 신나게 진행된다고 하던데, 당시 우리 과는 사은회 즈음에는 아직 취업한 사람이 거의 없었다. 거의 내가 유일했던 것 같다. 그래서 나는 당당하게 'UBC 울산방송 구성작가 하미라'라고 쓰인 명함을 교수님들께 드렸고 같은 자리에 있던 다른 친구들이 조금 씁쓸해하던 기억이 난다. 그렇게 일을 일찍 시작하고 정신없이 세월을 보내느라 과 동창들과는 그다지 친하게 지내지 못한 것 같기도 하다.

국어국문학과를 나온 동문 중에는 학원 강사나 공무원, 학교 선생님이 된 사람도 있고, 방향을 완전히 틀어서 일반 회사에 취직하거나 전공과 무관한 일을 하는 사람들도 있다. 그리고 서울에서 또는 타 지역에서 나와 같이 방송작가를 하는 선·후배도 있다.

그중에서도 나는 아주 신기하게 방송작가에 입문한 케이스다. 요즘 방송작가들은 기본적으로 방송아카데미에서 방송의 모든 것을 배워서 배출된다. 그리고 아카데미와 연이 닿은 방송사에 막내작가로 들어가서 일을 시작하는 경우가 많다. 사실 우리 때도 그랬다. 나만 몰랐을 뿐.

대학교 4학년 2학기, 교육대학원을 가기 위해 열심히 돈을 벌어야 했다. 그래서 학과사무실로 온 'UBC 울산방송 막내작가 구함'이라는 공문을 조교 언니로부터 건네받고 룰루랄라 방송국으로 향했다. '알바의 여왕님'께서 이제 방송국도 접수하는구나 하면서 UBC 울산방송으로 들어갔다. 그리고 아주 당당하게 편성제작국 팀장님을 찾았다.

"막내작가 구한다고 해서 왔는데요."

편성제작국 팀장님을 찾아 11층으로 올라가니 밤을 새운 듯한 행색의 PD들이 여럿 모여 있었다. 그리고 그사이에 나를 앉혔다.

"몇 살?"
"아부지 뭐하시노?" (마치 영화 <친구> 속 대사처럼 말이다.)

"보일러 하십니다."

"그러면 파이프 이런 거로 맞아 봤나?"

"……."

"아, 맞아 보고 와야 하는데~"

기가 막히는 질문들이 쏟아졌다. 아르바이트 면접을 그렇게 보고 다녔어도 이런 질문은 받아 보긴 처음이었다. 여기가 도대체 뭐 하는 곳인가 싶었다.

"UBC 울산방송 뭐 본 거 있나?"

"……." (정말 아무런 생각 없이 가볍게 가서 어떤 대답도 하지 못했다.)

"야, 방송국에 면접 보러 오면서 우리 방송 하나 안 보고 왔냐?"

"아… 그거 봤어요. 롯데백화점 광장에서 노래 부르는 거."

"그건 MBC 거다."

이게 내 방송국 첫 면접이자, 내 생애 첫 직장에서 PD들과 나눈 대화였다. 그리고 얼굴 뻘게져서 돌아가는 내게 팀장님은 이렇게 말했다.

"아빠한테 좀 맞아도 보고, 밤도 좀 새워 보고, 체력을 키워서 나~중에 와라."

"나중에 연락해 줄게, 가 봐."

면접 따위는 전혀 두렵지 않던 내게 닥친 첫 번째 시련. 이게 뭐지? 난 지금 어디에 있는 건가? 저 사람들은 뭐지? 무슨 작가를 뽑는다더니 별 말 같지도 않은 질문을 하고 난 그걸 대답을 하고 있고, 또 슬쩍 봤던 프로그램이 UBC 건지 MBC 건지도 모르는 사람이 작가를 한답시고 들이댔다니 부끄럽기도 하고, 짜증도 나고 나 자신에게 화도 났다. 아니지, 내가 어리다고 지금 날 가지고 노는 건가? 무슨 이런 해괴망측한 면접이 있나. 저런 곳은 불러도 내가 안 간다. 저런 인간들 하고 나는 절대 일하지 않을 거다. 오라고 사정해도 안 간다. 그랬다.

그러고 3일이 지나도, 4일이 지나도 연락이 없었다. 교육대학원 면접이 이틀 앞이었다. 띠리링, 전화가 울렸다.

"여보세요?"

"하미라 씨 되시죠? UBC 울산방송인데요. 다음 주 월요일부터 출근하실 수 있으세요?"

"네!!!!!!!!"

"그러면 월요일 오전 6시까지 방송국으로 오세요."

불러도 가지 않겠다고 그렇게 욕을 했던 내가 출근할 수 있냐는 물음이 끝나기가 무섭게 자리에서 벌떡 일어나서 대답했다. 아주 큰 소리로. 아직 아빠한테 파이프로 맞진 않았지만 몇 날 며칠을 밤새워 보지 않아도 체력은 자신 있다고 말하고 싶었다. 교육대학원 면접을 위해 보고 있던 전공 책을 집어 던지고 신나서 날뛰었다. (UBC 울산방송에 방송작가로 들어가게 되어 교육대학원 면접을 못 보게 되었다고 교수님들을 찾아가 죄송하다고 인사를 드렸을 때 교수님들의 반응이 아직도 기억난다. 축하한다고 말씀해 주셨던 교수님들은 여전히 연락을 주고받으며 응원해 주고 계시고, 지금 선택을 후회할 것이라며 안타까워하시던 교수님들은 더 이상 연락이 닿지 않는다. 그때의 나를 진심으로 응원해 주신 교수님들께 항상 감사함이 있다.)

집에 가서 UBC 울산방송에서 전화가 왔다고 자랑을 하고 엄마랑 서점으로 가서 『방송구성작가의 실전』이라는 책을 사 들고 집으로 돌아왔다. 책을 열심히 봤는데 무슨 말인지 하나도 이해할 수가 없었다. 아무렴 어때~ 가면 다 되겠지!

방송작가가 왜 체력이 있어야 하는지, 왜 험한 꼴 다 당해 봐야 하는지는 나중에서야 제대로 알게 되었다. 10년이 훌쩍 지난 후, 이제는 내가 어린 작가에게 그런 질문을 던지고 있었다.

3장

작가가
체질

말 잘하고 글 잘 쓰면 작가 체질?

초등학교 1학년 때, 학교라는 곳에 가서 수업을 받는 건 너무나 신나는 일이었다. 제일 신나는 것은 발표하기! 내가 알고 있는 것을 선생님 앞에서 말하고 싶었던 건지, 친구들 앞에서 말하고 싶었던 건지는 나도 잘 모르겠다. 하지만 발표를 하기 위해 한쪽 팔만 드는 게 아니라 두 팔을 다 들고 벌떡 일어나 발표하겠다는 강력한 의지를 뿜어낸 것만은 확실하다. 담임선생님은 그런 나를 '아주 열정적인', '발표력이 왕성한' 아이라고 통지표에 적어 주시곤 했다.

발표하는 습관은 중학교에 가서도 별반 달라지지 않았다. 친구들은 사춘기에 접어들어서인지 점점 뒤로 빼기 일쑤였다. 특히나 내가 가장 좋아했던 중학교 윤리 시간이면 나는 쉬는 시간부터 설렜다. 아직도 중학교 동창들은 내가 그 얼굴에 여드름이 가득했던 총각 윤리 선생님을 좋아해서 윤리 시간을 좋아했던 거라고 하지만, 난 윤리 선생님의 수업방식이 좋아서 선생님을 좋아했던 거였다. 결론은 같지만.

윤리 시간이 되면 선생님은 꼭 생각해야 하는 질문을 던지셨다. 정확한 그 내용이 생각나진 않지만 그 질문들이 던져질 때마다 교과 과정에 나오는 뻔한 지식에 대한 내용이 아닌, 살아 있는 이야기를 듣는 것 같아서 좋았다. 그 질문에 대답하는 사람은 나밖에 없었다. 그래서인지 윤리 선생님도 나를 예뻐하셨고, 어린 여중생들 사이에 나랑 윤리 선생님의 달달한 스토리가 마구 만들어지곤 했다. 우리의 소통을 그렇게 받아들이다니.

나는 소통하는 것이 좋다. 그때도, (MBTI유형이 ENFP에서 INFJ로 바뀌어 버린) 지금도 나는 누군가와 끊임없이 소통한다. 사람마다 말로 표현하는 게 편한 사람이 있고, 글로 쓰는 게 편한 사람이 있다. 아마도 말로 소통하는 법을 먼저 터득한 사람들은 나의 가치를 높여 주는 화술의 힘도 잘 알고 있을지도 모른다. 다른 사람과의 대화에서 특별한 격식을 차리지는 않더라도 절대로 넘어서지 않는 일정한 경계가 있거나 듣고 싶지 않은 말이라도 기꺼이 들어줄 줄 아는 사람일 수도 있다.

사람들 앞에서 말을 한다는 것은 한 번에 많은 사람과 이야기를 할 기회가 주어진다는 것이다. 말하는 행위를 통해 자기 생각을 짧은 시간에 전달해서 많은 사람을 움직이게 만들 수 있다. 물론 이것의 전제는 말하기를 성공적으로 했다는 것이겠지만. 반대로 실패를 했을 때는 많은 사람을 실망하게 할 수도 있고 타인으로부터 부정적인 평가를 받게 될 수도 있다.

성공적이고 훌륭한 말하기를 위해서는 화려한 언변도 중요하지만, 상대가 내 말에 집중하도록 만들고, 말의 뜻을 바르게 이해하며 그 내용이 기억에 남도록 하는 것이 포인트다. 일방적인 말하기가 아닌 '소통'하는 말하기를 할 때 사람들은 감동하고, 그 말에 영향을 받아 자신의 삶을 조정한다.

글쓰기 역시 글을 통해 사람의 마음을 움직이고 변화하게 한다. 그것이 소설이 됐건, 시가 됐건, 수필이 됐건 혹은 연설문이 됐건 그 장르는 중요하지 않다. 자신의 내면에 있는 감정이나 생각을 표현해서 타인과 공감하는 것이 바로 글쓰기의 힘이다.

하지만 글을 재미나고 이해하기 쉽게 쓰기란 쉽지 않다. 더 나아가 많은 이에게 공감을 얻는 일은 더욱 어렵다. 그래서 사람들은 말하기도, 글쓰기도 쉽지 않은 일이라고 여긴다. 그래서인지 말하기와 글쓰기 모두를 직업으로 삼고 있는 나에게 누군가는 이렇게 말한다.

"너는 말재주도 있고, 글재주도 있어서 좋겠다."

소통하고 싶어 하는 마음이 말재주도, 글재주도 만들어 낸 것이다. 노력하고 연습한 결과다. 사람이 다 같지는 않기에, 노력한다고 해서 모든 사람이 글을 잘 쓸 수 없고, 화려한 언변을 구사할 수 있는 것도 아니다. 분명 재능이 일정 부분 영향을 미치는 것은 맞다. 하지만 노력하면 그만큼의 성과를 얻을 수 있다.

글쓰기에서도 재능이 필요한 장르와 조금 덜 필요한 장르가 있다. 전자가 문학적인 글이라면 후자는 공학적인 글이다. 시나 소설 같은 문학은 재능의 영향이 크다. 무언가를 지어내는 상상력과 남들과는 다른 방식의 감수성이 존재할 때, 하나의 작품을 탄생시킬 수 있다. 하지만 공학적 글쓰기는 비판적 사고와 과학적 사고를 통해 문제 해결을 위한 글을 쓰는 것이다. 그래서 문학적 재능이 없더라도 충분히 글을 잘 쓸 수 있다.

내가 고등학교 때, 시(詩)에 겁을 먹었듯이 특별한 감성과 언어 감각으로 풀어내는 문학적인 글은 보통 내공으로는 접근하기 힘들 수 있다. 하지만 단순히 필요에 의한 글을 쓰거나, 살면서 경험한 일과 자신의 느낌을 표현하고 싶은 글이라면 굳이 문학적이지 않아도 된다.

사람들은 구성작가라고 하면 엄청난 문학의 길을 걷는 사람이라 생각하기도 한다. 하지만 그렇지만도 않다. 아이템을 찾아내고, 누군가를 섭외하고, 촬영 계획표를 짜고 흐름에 적당한 구성안을 쓰고, 촬영 후 편집본을 보며 내레이션 대본을 쓰고, 자막을 뽑아내는 일은 어쩌면 매우 기계적이기까지 하다. 여기서 작가의 감수성이 한 숟가락 더해지면 더욱 근사한 작품이 되기도 하지만 말이다.

내 생각을 마음껏 표현하는 방법으로 글쓰기만큼 좋은 기술이 어디 있을까?

책을 쓰다 옛 기억을 떠올리려 차곡차곡 모아 둔 상장들을 꺼냈다. 별의별 대회가 다 있었구나, 난 거길 또 다 나가서 상을 받았구나, 생각하니 웃겼다. 그런데 초등학교 때 독후감 대회나 글짓기, 백일장에서 받은 상들은 대부분 장려상이었다. 중학교 가서야 1, 2학년 때 우수상을 받고, 3학년 때 교내글짓기에서 장원을 받았다. 고등학교에서는 대회가 확 줄어 비교하기 어렵지만, 교육감상까지 받았던 걸 보면 점점 글쓰기 실력이 늘었던 것 같다. 눈에 보이는 증거였다. 마침내 성인이 되고서는 처음 나간 경남은행 여성백일장에서 장원을 거머쥐었다.

나를 표현하는 능력은 그렇게 점차 발전한다. 그 비결이라 하면, 딱히 다른 비법이나 왕도가 있었겠는가? 그저 많이 읽고, 많이 쓰고……. 하지만 한 가지, 나를 얼마나 더 솔직하게 표현하는지에 따라 글쓰기의 실력에 분명한 차이가 생긴다. 말재주, 글재주가 없다고 서러워 말고 솔직해지자. 일단 말을 하듯이 생각을 정리하면서 글을 써 보자. 나를 위해서, 나의 글쓰기 실력 향상을 위해서.

일기를 꼬박꼬박 잘 쓴다고?

나는 꽤 오랫동안 일기를 썼다. 초등학교 1학년 때는 일기를 쓰는 것이 숙제였지만, 어느 순간부터 일기는 나에게 '속풀이장'이 되었다. 생각해 보면 어렸을 때부터 나는 착한 아이 콤플렉스가 있었다. 부정적인 감정은 숨기고, 타인의 말에 수긍만 하며 착한 사람으로 남기 위해 애쓰는. 이를 위해 나의 욕구와 소망을 억압하는 말과 행동을 반복했다.

아마 많은 사람이 착한 아이 콤플렉스로 힘들어하고 있을 것이다. 나도 아팠다. 숨이 쉬어지지 않고, 자존감은 점점 낮아졌다. 가슴이 꽉 막힌 듯 답답한데 그 누구에게도 말을 할 수 없었다. 난 분명 착한 아이여야 하는데 나의 속마음을 들키면 큰일이었다. 그래서 나는 일기장에 속풀이를 하기 시작했다.

동생이 괴롭힌 날에는 동생에 대해 마구 적어 내려갔다. 화가 날 때도 적고, 억울할 때도 적고, 기분 좋을 때, 재미있었을 때, 슬펐을 때 등 매일의 모든 일을 적었다. 정말 솔직하게.

이렇게 솔직할 수 있었던 것은 순진하게 선생님을 믿었기 때문이다. 당연히 비밀 보장이 될 것이라 생각하고 적어 내려간 나의 살생부(?)에 대해 선생님은 엄마에게 말해 버렸다. 그로 인해 엄마에게 잔뜩 혼났던 기억이 난다. 혼나면서도 생각했다.

'아니, 일기장은 내 것인데 왜 내 일기장을 보고 혼내는 거야?'

만약 그때, 선생님과 엄마가 먼저 내 마음을 읽고 토닥여 주고 충분히 쓰다듬어 준 후에 바르게 행동할 수 있도록 도와주었더라면 얼마나 좋았을까?

어찌 됐든 선생님과 엄마의 합동작전으로 나는 일기장에서조차 이야기를 털어놓을 수 없게 되었다. 시간이 좀 지나고 나서는 정말 누구도 보지 않는 나만의 일기장에 글을 써 나갔다. 나의 감정, 나의 상태, 나의 비밀… 모든 것을. 지금 보면야 비밀이랄 것도 없는 평범한 일상이지만 그 당시에는 모든 것이 크고, 들키면 안 될 것으로 느껴졌다. 졸업했던 초등학교에 어른이 되어 다시 가 보면 책상도, 의자도 너무 작아서 여기에 어떻게 앉았지? 하는 생각이 드는 것처럼 지금은 별거 아닌 듯 보이지만 그때의 나에게는 아주 크고 은밀한 것들이었다.

생각을 글로 옮기면 자신이 어디로 가고 있는지, 지금까지 어디에 있었는지, 얼마나 걸어왔는지를 객관적으로 평가할 수 있게 된다. 날마다 생각과 감정을 기록하는 일기는 시간이 지나고 나면 나의 역사이자 목표를 달성해 가는 과정의 기록이 된다. 또 기록에 비추어 현재 상황을 정리하고 결론을 끌어낼 수 있도록 도와주기도 한다.

그래서 나는 계속 일기를 썼다. 고등학교에 가서는 조용한 야간자율학습시간이나 독서실에 가서 일기를 썼다. 공부하려면 그렇게 잠이 쏟아지는데, 일기를 쓸 때면 개운해지는 기분이었다. 그때 나는 마음에 떠오르는 것들을 하나씩 글로 적었다. 그렇게 스스로 적으면서 생각을 정리하고, 내용을 되새겼다. 차곡차곡 쌓여 가는 일기장에서 나의 가치와 신념이 변해가는 것이 보였다.

책을 보다가 마음에 드는 구절이나 문장을 발견하면 일기장에 필사하기도 했다. 그 구절이 다시 나에게로 와 새로운 옷을 입는 느낌이었다. 또 가끔은 책의 내용을 간추려 적었다. 읽은 책이 제목만 기억나고 내용이 기억나지 않는 경우도 왕왕 있어서 독서록과 같은 개념으로 일기장을 활용했다. 그렇게 하던 습관이 텍스트를 요약하고 내가 필요로 하는 부분을 발췌하는 연습이 되었다. 글쓰기는 꾸준히 훈련하는 것만이 답이다. 머리로 생각만 하는 것이 아니라 몸으로 부딪혀야 조금이라도 실력이 늘 수 있다.

'일기장'이라는 이름의 이 노트에는 엄청난 글들이 담겨 있다. 그 글을 하나하나 쓰는 것으로 글을 쓰는 훈련이 되었고, 생각이 정리되었다. 원하는 대로 글을 술술 쓸 수 있는 능력은 여전히 없을지도 모른다. 하지만 주제가 정해지거나 글감이 정해지면 머릿속에서 생각의 장치들이 저절로 돌아가는 것 같다. 그리고 그와 어울리는 적합한 나의 이야기를 툭 던져 준다. '나의 이야기'는 경험에서 우러나오기도 하고, 일기장에 한 번쯤은 써 내려갔던 글이기도 하다.

고3이 되고, 취업을 준비하면서 많은 친구가 자기소개서나 이력서 때문에 찾아왔다. 자신의 이야기를 만들어 달라는 것이다. 자기소개서나 이력서는 자기 인생의 요약본이다. 자기의 인생은 자기만이 아는 것이다. 그런데 어디서부터 어떻게 꺼내서 요약해야 할지를 몰라서 여기저기 문을 두드리다 결국 자기 이야기가 아닌 대학 입학 전형에 적합한 '자신'을 만들어 낸다. 그렇게 가공된 인물은 대학교 4년을 다니면서 어떻게 변할까? 정말 자기소개서에 썼던 가치와 목표를 좇으며 살고 있을까?

자기소개서가 겁난다면 일기를 써라. 나를 정리하고, 나를 알아 가라. 일기장에 쓰여 있는 수많은 웃음과 눈물을 가진 이가 바로 당신이다.

기록하는 게 자신 있다고?

새해를 맞아 다이어리를 사 본 경험은 누구나 한 번쯤 있을 것이다. 새해 다이어리를 사면 '올해는 새로운 마음으로 잘해 보자'는 의미로 새해 다짐, 계획, 목표 등을 적어 나간다. 나도 그랬다.

요즘은 다이어리 꾸미기를 '다꾸'라고 줄여 부른다. 더욱이 능숙한 솜씨와 멋진 감각으로 다이어리를 꾸미며 다꾸를 취미 삼는 이들을 부르는 '다꾸러'라는 말도 있다. 다이어리를 꾸밀 때는 다양한 문구류를 사용하기 때문에 다꾸러들은 대체로 문구류를 좋아하는 '문덕(문구덕후)'을 자처하고 있다. 우리 때 (1990년대를 말한다)도 여고생들 사이에 다꾸가 한창 유행했었다. 지금 생각해 보면 그때의 우리는 지금의 '다꾸러'이자 '문덕' 이었다.

자그마한 다이어리 스케줄러에는 오늘은 누구랑 무엇을 먹었는지, 지각했는지 하지 않았는지, 선생님이 무슨 말을 했는지, 숙제는 뭐가 있었는지가 빼곡하게 적혀 있었다. 그리고 아기자기한 스티커도 붙이고 뭔가 적을 칸이 부족하면 포스트잇까지 붙여 가며 메모를 했다. 무엇인가 생각나면 바로 적었다. 그때는 그저 빽빽하게 채워진 다이어리를 보는 게 좋았다. 뭔가를 열심히 한 것 같고, 한 가지라도 끝을 낸 것 같은 기분이 들었으니까 말이다.

나는 대학교에 가서도, 방송작가 생활을 하면서도 다이어리를 썼다. 촬영 스케줄, 리포터가 촬영 가능한 날짜, 방송 날짜, 섭외한 분 연락처 등등. 학교 다닐 때와는 다른 차원의 내용이지만 이렇게 메모를 하는 습관은 내 일에 큰 장점이 되었다는 것은 확실하다. 빈 종이와 몽당연필 한 자루가 최고의 기억력보다 낫다고 한 마이클 워딘스키 박사의 말처럼 나는 짧은 미팅을 할 때도, 잠시 어딘가로 외출을 할 때도 작은 다이어리와 펜을 챙긴다.

물론 이제는 그 다이어리와 펜을 스마트폰이라는 기계와 스케줄러라는 애플리케이션이 대신하고 있다.

작은 것 하나부터 시작해 보자. 우리가 글을 쓰다 보면 이 단어가 여기에 쓰이는 게 맞을까? 하는 생각이 들 때가 있다. 대충 전체적인 맥락이나 문맥에 맞으니까 그냥 넘어가야지, 혹은 귀찮으니까 넘기자는 생각은 하지 말자. 정확한 의미를 알아야 앞으로 쓸 글에 잘 활용하고, 공감받는 글을 쓸 수 있지 않을까? 나는 모르는 단어나 헷갈리는 단어가 나오면 바로 사전을 찾아본다. 그리고 메모를 한다. 그 단어는 적어도 내 기억 속에 두어 번은 더 남을 것이고, 그것은 언젠가 활용된다. 다이어리든, 일반 수첩이든 상관없지만, 기왕이면 예쁜 다이어리에 예쁜 단어들을 채워 넣으면 아주 기분 좋아진다.

'메모하면서 글쓰기'는 내가 아주 좋아하는 방법이기도 하지만 사실 많은 사람이 사용하는 글쓰기 방법이다. 앞서 일기장에 적었던 것처럼 독서메모도 해 보고, 내가 좋아하는 문장들, 구절들도 생각나는 대로 메모를 해 보자. 혹은 내 일상을 시간순으로 메모해서 다이어리를 가득 채워 보는 것이다.

그리고 '나만의 단어'를 고민하고, 기록하는 예쁜 다이어리 하나를 만드는 것을 추천한다. 원래는 자기소개서나 면접 준비를 앞두고 주로 쓰는 방법인데, 나를 나타내는 단어는 어떤 것들이 있을지, 나의 장점, 나의 단점, 내가 가장 행복했던 날, 내 생애 가장 기억나는 여행… 무엇이든 상관없으니 마음껏 '나'의 것들로 채워 넣고 그 단어들을 이용해서 짧은 글을 써 본다. 그리고 완성된 짧은 글을 모아 긴 글을 만들어 본다. 그것이 짧은 단어이든, 하나의 문장이든 상관없다. 그것이 글이 된다. 부담 없이 쓸 수 있는 글이다.

또 하나, 사진에 메모하고 그 이미지를 이용해 글을 쓰는 것도 좋다. 글은 써야 하는데 어떤 느낌이나 이미지가 떠오르지 않아 곤혹스러운 적이 있었다. 그때 관련된 사진을 보면서 사진 속에 나타난 여러 느낌을 상상해서 이야기를 만들어 갔다.

물론 제일 좋은 방법은 직접 장소에 가 보거나, 사람을 만나 보거나, 경험해 보는 것이지만 그러기 어려운 상황이라면 사진을 보고 메모해 보자. 그에 대한 느낌들을 줄줄이 적다가 이어 글로 써 보는 것이다.

하지만 글을 쓰는 데 있어서 우리를 방해하는 것들은 참 많다. 잘 써야 한다는 강박은 한 글자조차 쓰기 어렵게 만들고, 나를 잘 아는 사람들이 내 글을 보면 어떤 평가를 할까 걱정하게도 만든다.

내가 가장 많이 경험해 본 글쓰기의 방해꾼은 '시작했으면 끝을 봐야지'라는 생각이다. 한 번에 무언가 다 써 버리고 싶은 마음이 조급함이라는 녀석을 데리고 온다. 급하게 먹으면 체하듯이 글쓰기 역시 마찬가지다. 급하게 서두를 필요 없다. 천천히, 하지만 꾸준히 써 보는 것이 가장 좋은 방법이다. 이것은 비단 글쓰기뿐만 아니라 무엇을 하든 주의해야 할 사항이다.

다른 사람의 글과 비교하지 말자. 세상에 완벽한 글이 어디 있겠는가? 절대로 그런 글은 없다. 누군가에게 완벽해 보이는, 또 다른 누군가에는 어설퍼 보이는 글이 있을 뿐. 글은 주관적이다. 절대로 비교할 수 있는 것이 아니다.

책 읽기를 좋아한다고?

저것들은 본래 내
호주머니 속의 용돈이었다.

우리 아이들 과잣값이 되어야 하고
아내의 화장품값이 되어야 하고
음식값이 돼야 했을 돈들이
어찌어찌 바뀌어 저기에 와
앉아 있는 것이다.

그렇다면 나한테 무슨 일이 일어났는가?
다만 아무런 일도 일어나지 않았고
우리는 이렇게 서로 모르는 사람처럼
멍하니 마주 보고 있을 따름인 것이다.

나태주,『너와 함께라면 인생도 여행이다』,「서가의 책들」중에서 내 방 한쪽을 가득 메우고 있는 책들과 거실 한쪽을 가득 채우고 있는 책들을 보면 뿌듯하다. 물론 읽은 책도 있고 아직 읽기 전인 책도 있고, 목차만 보고 발췌한 책도 있다. 여러 번 읽은 책도 있고, 제목만 보고 아직 손이 가지 않은 책도 있다.

나는 중고서점에 가는 것을 아주 좋아한다. 마음의 양식이라는 책이 정말 나의 정신적 허기를 채우는 것인지는 몰라도 읽든 안 읽든 책을 사야 마음이 배부르다. 하지만 새 책을 계속 사다 나르는 것이 금전적으로 부담되는 건 사실이라 어느 순간부턴 중고서점을 다니게 되었다.

앞에서도 이야기했지만 나는 책 읽기를 좋아하는 학생이었다. 비밀스레 말을 하자면 화장실에서 들어가서 책 한 권을 다 읽고 나오기를 반복한 것이 초등학생 때부터였다. 대가족이 사는 집이라 조용히 책을 읽을 수 있는 공간을 찾기란 쉽지 않았고, 어른들의 눈앞에서 책을 읽고 있노라면 "미라야~ 이것 좀" 하고 불러 심부름시키는 게 다반사라 숨어든 곳이 화장실이었다. 화장실에 들어가면 적어도 나갈 때까지 부르지는 않으니까 말이다. 참 좋은 선택이기도 했지만 난 화장실에서 책을 읽느라 다른 병(?)을 얻었다.

책을 읽는 데 있어서 장르를 크게 따지지는 않는다. 다만 꾸며진 말로 가득한 글보다는 담백하게 읽히는 책이 좋다. 그래서 한국 단편소설을 많이 읽었다. 한국 단편소설은 대체로 길이가 짧고 덤덤한 듯 이야기한다. 슬픈 이야기도, 아픈 이야기도, 기분 좋은 이야기도 덤덤하게 이야기함으로 독자에게 다양한 감정을 느끼게 한다. 같은 내용을 내 감정 상태에 따라 다르게 해석하도록 만든다. 내가 쓰는 글 대부분도 10번씩 읽은 한국 단편소설의 영향이 지대하리라 생각한다. 미사여구의 사용은 최대한 자제하고 짧은 문장과 덤덤한 표현을 쓰려고 노력하는 편인 걸 보면.

고전의 매력도 만만치 않다. 내가 고전을 좋아하는 이유는 오랜 시간이 흘러도 변하지 않는 진리가 있어서다. 살아가면서 우리는 끊임없이 많은 것을 배운다. 책으로든, 영화로든, 드라마로든 뭐든지 간에 우리는 계속 배우며 살아가고 있다.

'알아야 면장(面牆)을 한다'

이 말을 다들 한 번쯤은 들어 봤을 것이다. 누가 그랬다. 많이 알고 똑똑해야 면장(面長, 면의 행정을 맡아 보는 으뜸 직위에 있는 사람)을 한다는 뜻이 아니냐고. 과연 그런 의미인 걸까?

공자의 『논어』의 「양화편」에 보면, 아들이 공부를 너무 소홀히 하자 공자가 아들에게 '알아야 담장에서 얼굴을 면한다'라는 뜻의 '면면장(免面牆)'이라는 표현을 한다. 이 표현은 지식을 넓혀 사람다운 행동을 하라고 충고한 말이었다. 이 '면면장(免面牆)'이 유래가 되어 앞글자가 빠진 '면장(面牆)'이 이후 '알아야 면장(面牆)을 한다'는 말로 통용된 것이다. 즉, '알아야 면장'이라는 말은 담벼락을 마주 대하고 선 것 같이 앞이 내다보이지 않는, 즉 견문이 좁아 보지 못하는 상황을 피하기 위해서는 알아야 한다는 것을 비유적으로 표현한 것이다.

끊임없이 책을 읽고 공부하지 않으면 담벼락 앞에 선 것처럼 앞이 보이지 않아 나아갈 수 없다. 글쓰기도 내가 무엇인가 알아야만 쓸 수 있고, 아는 것이 많아야 할 수 있는 이야기의 폭이 넓고 다양해진다. 많이 알기 위해서는 책을 읽는 것밖에는 다른 방법이 없다.

책 추천을 해 달라는 말을 자주 듣는다. 지극히 개인적인 견해이니 선뜻 추천하기 어렵긴 하지만, 꼭 읽어 봤으면 하는 마음으로 추천하는 책은 고전이다. 『채근담』이나 『손자병법』 같은 고전은 한 번쯤 내 삶에 대해 생각하게 한다. 비교적 문장 길이가 길지 않고 잘 읽힌다. 끊어 읽거나 부분적으로 읽기에도 안성맞춤이다.

또 뉴스와 신문 읽기를 게을리하지 않을 것도 말해 주고 싶다. 사회적, 정치적 현안에 대해 기본적인 내용은 항상 파악하고 있어야 어떤 이야기도 빠지지 않고 할 수 있다. 어떤 주제에 관해 이야기하는 데 꼭 필요한 개념조차 모르고 있으면 혹은 그 개념은 알아도 다른 개념과의 관계를 잘 모르고 있으면 토론은커녕 그에 대한 단순한 문장 한 줄 만들기도 어렵다. 꼭 말을 해야 하거나 글을 써야 할 때, 그때 비로소 다독(多讀)의 힘이 발휘된다.

여기저기서 책을 많이 읽으라는 말을 하듯이 나 역시도 다독을 좋아하고, 다독이 글쓰기의 핵심이라 생각한다. 하지만 닥치는 대로 읽는 것은 어릴 때 이야기다. 성인이라면 인문학을 이야기할 수 있는, 바른말과 문장을 사용하는 흥미로운 책 읽기를 권한다. 즐거운 마음으로 읽으면 지식은 물론 어휘와 문장까지 배우는 값진 시간이 될 것이다.

글의 힘을 믿는다고?

이런 상상을 한번 해 보자.

유난히 더운 어느 날, 저녁에 그녀와 데이트를 하기로 한 당신. 빨리 일을 마치고 집에 가서 씻고 멀끔한 옷으로 갈아입고 데이트 장소로 가야겠다던 생각과 달리 갑자기 문제가 생겨 뒷수습하느라 약속 시각이 다 되어 버렸다. 씻고 옷도 갈아입고 싶은데 그러면 너무 늦을 것 같아 어쩔 수 없이 그 상태로 그녀에게 갔다. 땀에 젖어 얼룩까지 진 모양새가 너무 신경 쓰였지만, 그녀를 기다리게 할 수는 없으니까.

저녁을 먹고 커피도 마시고 근처 공원에서 산책도 하고 나쁘지 않은 시간을 보냈다.

"이제 집에 가서 좀 쉬셔야 할 것 같은데요?"

그녀의 이 한마디에 가슴이 싸하다.

'그녀가 나와 빨리 헤어지고 싶어서 이런 말을 하는 건가?'

'내가 땀을 너무 많이 흘려서 냄새가 나나?'

'조금 늦더라도 씻고 오는 게 맞았는데……'

그녀와 헤어지고 돌아가는 길, 생각이 가지에 가지를 치고 자존감은 바닥으로 향해 가고 있는데 그녀에게서 이런 문자메시지가 도착한다.

세상에서 가장 아름다운 꽃은

5월에 피는 장미꽃도, 천 년 만에 피는 우담바라도 아니다.

땀 흘려서 일한 그대 얼굴에 피어난 소금꽃이다.

김영훈, 『생각 줍기』중

오늘 열심히 일하고 달려와 줘서 고마워요.

참 멋진 모습이었어요. 푹 쉬어요.

어떠한가? 어떤 생각이 들까? 바닥으로 떨어졌던 자존감은 어떻게 됐을까?

물론 이렇게까지 감성적인 문자메시지 혹은 카카오톡을 마구 날릴 수 있는 사람이 많지는 않겠지만 짧은 몇 줄의 글이 마음을 뒤흔들 수 있다는 이야기다.

어렸을 때 편지 쓰는 것을 좋아했다. 짧은 내용이든 긴 내용이든 상대방을 생각하며 진심으로 쓰는 글은 상대를 움직이게 만들었다. 휴대전화가 생기면서 편지를 대신한 건 문자메시지였다. 이제는 문자메시지를 카카오톡이나 SNS 메신저가 대신한다. 나는 휴대전화를 쓰는 지금도 전화하는 것보다 글로 표현해서 마음을 전해야 하는 문자메시지가 좋다.

문자메시지는 짧은 문장 하나에 주어와 서술어만으로도 글을 쓰는 목적이 드러나기도 하고 나의 감정이 고스란히 담기기도 한다. 그래서 쑥스러워서 선뜻 말로 나오지 않는 것도 글로는 표현할 수 있다. 앞서 보여 준 예시도 말로 했으면 오글거렸을 멘트를 그녀는 적절하게 문자메시지로 보냄으로 그의 마음을 달래 주었다.

여기서 중요한 것은 '어떤 단어'를 써서 상대방에게 마음을 전하는가이다. 같은 말이라도 상대에 따라, 상황에 따라 단어 사용을 달리해야 한다는 건 누구나 잘 알고 있다. 정확한, 앞뒤 단어들과 잘 어울리는 그런 단어. 위 예시에 나오는 시에서 사용한 '소금꽃'이라는 단어처럼 말이다. 어휘가 부족하면 같은 단어를 반복하게 되고 그러면 글은 심심해진다. 마치 강약도, 감정도 없는 노래를 들은 것처럼 임팩트가 없다. 영어에서 단어를 많이 알아야 독해를 할 수 있듯이 국어도 마찬가지다. 어휘가 풍부해야 생각의 깊이도 깊어지고 전하고자 하는 뜻도 정확하게 표현할 수 있다.

물론 글을 쓰면서 그때그때 딱 맞는 단어를 찾기란 쉽지 않다. 뜻은 비슷한데 느낌이 다른 단어가 많기 때문이다. 또 다른 단어들과의 어울림도 생각해야 한다.

글의 제목을 정해야 할 때 이런 고민에 빠진다. 숨겨 둔 지난 과거를 말하는 글이라면 그것은 단순히 '고백'이 맞을까? 아직 말할 수 없는 이야기를 한다는 의미의 '누설'이 맞을까? 대놓고 '공개'? 아님 덤덤하게 '진술'? 진짜 이야기를 하는 거니까 '사실'? 아니면 솔직하게 털어놓는 거니까 '실토'? 아니면 마음속에 품고 있는 이야기를 다 드러내 놓고 말하니까 '토로'가 맞을까? 이와 비슷하게 마음에 품었던 것을 죄다 드러내는 '토파'가 나을까?

요즘은 매일 여러 명과 카톡을 주고받으며 끊임없이 소통한다. 사람마다 이야기의 주제는 다르다. 중요한 것은 내가 그들에게 내 마음을 보내는 작업을 한다는 것이다. 그것은 다른 한편으로 그들의 마음을 받는 작업이기도 하다. 남녀노소를 떠나 내가 소통하는 방법은 글로 나를 보여 주는 것이니까. 책 제목을 고민하듯이 평소 상대에게 보내는 짧은 카톡 하나에도 여러 단어를 놓고 고민한다. 가끔은 마음을 더 명확하게 전하고 싶어서 캘리그라피를 써서 보내기도 한다. 그러면 어떤 이미지와 글이 만나 시너지 효과를 내기도 한다. 아, 요즘은 이모티콘이라는 아주 좋은 표현 도구가 있어서 더 확실한 감정 전달에 도움을 받고 있다.

은은한 음악이 흐르는 분위기 좋은 곳에서 커피 한 잔을 마시며 글을 쓰는 자신을 생각해 보라. 뭐 굳이 분위기가 좋지 않아도 된다. 글 쓰는 것이 막연하다면 하루에 30분 정도 시간을 내서 누군가에게 편지를 써 보면 어떨까? 편지가 쑥스럽다면 문자메시지나 메신저를 이용해도 좋다. 아무것도 아닌 것 같은 그것이 어느새 나의 글 쓰는 근육을 더 단련해 줄 테니.

다양한 경험이 즐겁다고?

많은 경험이 쌓여야 그만큼의 내공이 쌓인다고 믿었고, 지금도 그렇게 믿고 있다. 운 좋게 방송작가가 되고 3년인가 4년쯤 지났을 때, 나는 다큐멘터리부터 시작해서 생방송 정규 프로그램, 캠페인 등 수많은 일을 쳐 내는 나름 베테랑 작가가 되어 가고 있었다. 문득 스물세 살에 들어온 방송국에서 어느덧 스물여섯 살이 되고 나는 젊음을 잃어 가고 있다는 생각에 사로잡혔다. 아마 잦은 밤샘과 일의 강도에 지쳤던 것 같다. 문득 방송만 하다가 늙어 버리기 싫다는 생각이 들었다. 그래, 경험하러 내가 떠나자!

"저… 유럽으로 떠나겠습니다."

지금이라면 감히 상상도 할 수 없는, 아니, 상상으로만 할 수 있을 법한 '손에 쥔 모든 걸 다 내려놓고 무작정 떠나기'를 스물여섯 살의 방송작가는 해냈다. 이렇게 말을 뱉고 한 달도 안 된 크리스마스이브에 유럽행 비행기에 몸을 실었다. 진짜 메리 크리스마스였다.

　나는 치밀하게 계획 세우는 것을 좋아하지 않는다. 지금도 마찬가지지만 그때도 유럽으로 떠나면서 어떠한 계획도 제대로 세우지 않았다. 나에게 있어 계획을 세운다는 것은 마치 승패가 정해진 재미없는 경기에 참여하는 것처럼 느껴진다. 자고로 게임은 승패를 알 수 없어야 제맛이니까. 다만 처음 가 보는 유럽이라는 낯선 세상이 살짝 겁이 나긴 해서 항공권과 호텔은 예약해 두고 훌쩍 떠났다.

　도착하자마자부터 난관에 부딪혔다. 프랑스 드골공항에서 시내로 빠져나오기 위해 어디로 가야 하는지 주변에 있는 사람들에게 물었는데, 영어로 대꾸하는 이가 한 명도 없었다. 아무리 영어로 물어도 돌아오는 대답은 알아들을 수 없는 불어였다. 자국어에 대한 자부심인가? 도무지 알아들을 수 없어 공항에서 3시간을 방황했다. 제길, 난 왜 제2외국어로 독일어를 배웠던 걸까?

　겨우 공항에서 호텔 방향으로 가는 버스를 타고 나서야 나의 유럽여행은 제대로 시작됐다. 크리스마스이브에 떠나와서 크리스마스와 새해를 유럽에서 맞이한 스물여섯의 겨울은 생각보다 아름답지는 못했다. 벌써 향수병인가? 물이 안 맞아서 그런가? 지독한 감기몸살로 아까운 시간을 호텔 방에 드러누워서 보냈다. 별다른 약도 없어 가방에 몇 개 꾸역꾸역 넣어 간 컵라면만 눈물과 함께 삼켰다. 그냥 서러웠다. 일도 때려치우고 떠나온 배낭여행에 이렇게 감기몸살로 드러누워 며칠을 보내다니. 시간도 아깝고 돈도 아깝고 그냥 다 속상했다. 그런 와중에도 나는 TV를 켜서 알아듣지도 못하는 말로 하는 방송을 쳐다보고 있었다. 무슨 말인지 몰라도 여기는 저렇게 배치를 하는군, 저렇게 구성을 하는군, 이렇게 해도 되겠구나 하면서 혼자 그림을 그려 대고 있었다. "청춘이 쪼냐"를 외치며 호기롭게 떠나온 유럽에서 아픈 몸으로 이렇게 드러누워 다시 할 수 있을지도 모를 방송에 대한 갈증을 느끼고 있자니 내가 뭘 하고 있는 건가 하는 생각이 들었다.

'그래, 얼른 정신 차리고 회복해야지. 이렇게 시간을 버리기에는 하루가 너무 아깝다'. 인생 최고의 날은 아직 살지 않은 날이라고 하지 않던가. 내일이면 바로 그날이 오는 것 아닌가. 우선 낫자, 나아야지. 감기 기운을 겨우 떨치고 제대로 된 유럽여행을 시작하려던 찰나, 이번에는 갑자기 온몸에 두드러기가 생겼다. 이유는 모르겠는데 온몸이 너무 간지러웠다. 약도 없는데….

그다음 경유국은 헝가리 부다페스트였고, 이미 떠나기 전부터 부다페스트의 온천은 나의 필수 방문 리스트에 들어 있었다. 추운 유럽을 돌아다니느라 지친 몸을 뜨끈한 온천에서 풀어야지, 생각하고 드디어 온천에 들어갔는데 온통 할머니, 할아버지들뿐이었다. 맙소사. 그래도 어차피 혼자 떠나온 여행인데 뭔들 문제랴. 뜨끈한 온천물이나 즐기자고 물에 발을 담갔는데 물이 미지근했다. 탕을 잘못 고른 건가? 여기도 저기도 뜨겁거나 얼큰할 정도의 온도가 아니었다. 정말 실망스러웠다. 그래도 돈을 내고 들어왔으니 조금은 있다가 나가야지, 하며 스스로 마음을 달래고 호텔로 돌아왔다. 이후 돌아와 잠을 자고 일어나니 두드러기가 다 사라졌다는 걸 깨달았다. 분명 인터넷으로 부다페스트의 온천을 치면 뜨거운 연기가 폴폴 올라오는 온천 그림 투성인데 내가 간 곳은 그렇지는 않았다. 하지만 나의 두드러기를 잠재운 아주 효능 있는 온천으로 기억에 남았다.

유럽여행을 다닐 때 필수품은 유럽여행 책이다. 이미 유럽여행을 다녀온 사람이 쓴 책에는 유럽여행의 꿀팁들이 가득하다. 그래서 나는 두 권의 유럽여행 책을 가지고 여행을 다녔다. 책에서 꼭 가 보라는 곳은 밑줄 쳐 뒀다가 꼭 들렀던 기억이 난다. 나도 언젠가 이런 여행 책을 꼭 내야지 생각하면서.

스위스에서는 길거리와 도시 모두가 세계유네스코 문화재에 등재된 베른 구시가지에서 멋진 야경에 셀카도 찍고, 한국에서도 해 보지 못했던 패러글라이딩을 했다. 스위스여행으로 놓쳐서는 안 된다는 인터라켄에 가서는 유럽의 지붕이라 불리는 융프라우에 갔다. 해발 4,158m의 높이를 자랑하는 만큼 등산을 한 건 아니고 기차로 올라가서 전망대인 융프라우요흐에 도착했다. 그곳 야외 전망대쯤에서는 우리나라 컵라면을 팔고 있었다. 작은 컵라면 하나가 얼마나 비싸던지 엄두도 내지 못하고 그냥 내려왔다.

독일에서는 그 유명한 독일 하우스 맥주를 먹어 봐야 한다. 알코올이라면 쥐약인 내가 독일 뮌헨 호프브로이하우스에서 소시지에 생맥주를 시켰다. 술에 취해서인지, 시끄러워서였는지 다른 건 모르겠고 정신이 하나도 없었던 것만 기억이 난다. 그래도 나 독일에서 맥주 마셨다~ 예!

중간에 북유럽과 동유럽 12개국을 돌았으니 엄청나게 돌아다녔다. 식사는 맥도날드에서 햄버거 하나 사서는 세끼를 나눠 먹은 날이 많았다. 배고픈 여행이었다. 그래도 덕분에 다이어트도 되고 좋았다. 마지막으로 간 나라가 영국이었다. 영국에서는 런던 웨스트엔드로 향했다. 내가 너무나 좋아하는 <오페라의 유령(Phantom of The Opera)>을 보기 위해서였다. 1986년 여왕 폐하의 극장에서 초연한 작품으로 바로 극장에서 관람할 수 있었다. 1억 4천만 명 이상이 관람했다는 엄청난 기록과 거대한 샹들리에가 떨어지는 놀라운 연출에 기대하면서 말이다. 금액이 1층보다 2층이 더 싸서 돈이 없는 나는 2층 좌석을 선택했다. 어디인들 문제 될 건 없었다. 2시간 정도 홀린 듯 오페라를 봤다. 눈물이 나올 지경이었다. 아직도 <오페라의 유령>의

O.S.T를 들으면 그 감동이 고스란히 느껴진다.

이렇게 1개월하고도 2주가 넘는 시간이 지났다. 추운 유럽에서의 한겨울을 보내며 많이 지쳐 있었던 나는 마지막 일정으로 친구가 있는 따뜻한 태국으로 날아갔다. 무작정. 그리고 그곳에서 3주를 신나게 보냈다. 내 인생에 잊을 수 없는 2달이었다.

그렇게 놀면서도 한편으론 걱정이 됐다. 그렇게 당당하게 이제 작가는 안 한다고, 다 때려치우고 나왔는데 이제 돌아가면 어떻게 해야 하지? 작가는 내 손으로 때려치웠으니 다시 할 수 없을 것 같고, 인제 와서 새로운 일을 어떻게 시작해야 하지? 사실 방송이 싫어서 때려치운 건 아니었는데. 어쩌면 여행을 하는 2달 동안 나는 방송에 더 목말라졌는데. 이제 나는 어떻게 하지?

유럽과 태국여행까지 마치고 한국에 돌아왔을 때는 이미 해를 넘긴 2월이 지나가고 있었다. 새벽에 집에 도착했으나 잠이 오지 않아 아침 일찍 친구와 약속을 잡아 집을 나섰다. 방송국이 있는 백화점 근처를 지나려는데(당시 UBC 울산방송은 SBS <순간포착 세상에 이런 일이> '백화점 위에 방송국이 있다?!' 편에 나왔다) 방송국 편성제작국 팀장님이랑 딱 마주쳤다.

"하 작가, 언제 왔어?"

"아, 오늘 새벽에요."

"이제 다시 일해야지? 언제 올래?"

팀장님의 말 한마디에 잃었던 입맛이 돌아오는 느낌이었다. 심장이 뛰고 숨쉬기가 편해졌다. 기뻐서 날뛰고 싶었지만 최소한의 자존심은 지켜야지.

"오늘 돌아왔는데 좀 쉬다가요~"

아주 쿨한 척 말하면서도 다시 안 불러 줄까 봐 얼마나 마음을 졸였는지 모른다. 그렇게 2주가 지나고 나는 언제 유럽을 다녀왔냐는 듯이 다시 방송국에서 다크서클 늘어트리며 방송을 하고 있었다. 이전과 같은 생활로 돌아왔지만, 그 꿈 같은 2개월이 우물 안의 개구리였던 나를 한 뼘 성숙하게 했음은 확실하다.

이야기하는 게 재미있다고?

다양한 경험을 하면서 많은 것을 보고 느끼고 배웠으면 이제 그것을 널리 알려야 한다는 것이 나의 철학이다. 문화인류학에서 전파(diffusion)는 한 사회의 문화요소들이 다른 사회로 전해져서 그 사회의 문화과정에 정착되는 현상을 말한다.

물론 내가 이렇게 거창하게 문화 전파를 할 수 있다 생각하는 건 아니다. 하지만 그런 사명감으로 나는 글을 쓰기도 하고 강의도 한다. 나의 경험들이 문화변동의 중심에서 작게나마 자극제가 되었으면 하는 마음이다.

자유학기제가 생기면서 직업 멘토 특강이 계속 들어왔다. 중학교, 고등학교를 돌아다니면서 나는 사명감에 불을 붙였다. 학생들은 '작가'라고 하면 단순히 골방에 틀어박혀서는 어지럽게 쌓인 책들 속에서 부스스한 상태로 골뱅이 안경을 쓰고 일하는 모습을 떠올린다. 하지만 방송국 작가실에 와 보면 그런 상상은 와장창 깨진다. 책에 둘러싸인 모습도 아닌 데다가 누가 MC고 누가 리포터고 누가 작가인지 모를 정도로 다들 매력적으로 외형을 꾸미고 있다(지극히 개인적인 소견일 수 있으나).

또한 작가는 글을 쓰는 과를 나와야만 하는 건지, 글을 얼마나 잘 써야 하는 건지 물어보는 학생들이 적지 않다. 그래서 방송작가는 누가, 어떻게 할 수 있는 건지 알려 주고, 나는 다양한 경험들을 통해 방송작가로서 더 많은 것들을 표현해 내는 힘을 가지게 되었다고 말해 준다. 학교 다닐 때 내신을 포기하고 책을 읽었다는 이야기는 사실 그대로 풀어내지는 않지만, 학생들에게 지금 하고 싶은 것들을 하면서 즐거운 학교생활을 하라고 말한다.

"너희는 꿈은 뭐니?"

이런 질문을 던졌을 때, 요즘은 꿈이 없다거나 모른다고 말하는 아이들이 많다. 꿈이 없다고 말하는 사람들은 대부분 자신이 누구인지 모르는 경우가 많다. 자기가 누구인지 모르니까 당연히 무엇을 좋아하는지도 모르고, 어떤 일을 잘할 수 있는지도 모른다. 사실 성인 중에도 자신의 꿈이 무엇인지 확실하게 말할 수 있는 사람은 아마 드물 것이다. 청소년기 학생들은 더더욱 그러하다.

나는 학교에 다니면서는 수십 차례 꿈이 바뀌었다가 '국어선생님'이 되고 싶다는 꿈을 꾸었고, 방송작가를 시작하면서는 '책을 내고 싶다'라는 꿈이 생겼었다. 그리고 소설 『환상의 섬』

과 스토리텔링 가이드북 『걷다가, 쉬다가』라는 책을 두 권이나 냈지만, 진짜 내 이야기를 쓰고 싶다는 또 다른 꿈이 생겼다. 꿈이 계속 바뀌는 건 진짜 꿈을 찾아가는 과정일 뿐이다. 중요한 건 꿈이 언제나 '내 안에 있다'는 것이다.

작가의 삶을 이야기하면 당연히 내가 걸어온 길을 이야기할 수밖에 없고 난 그 안에서 내가 할 수 있는 말들을 한다.

무엇을 하든지 '나답게' 살아가야 한다고.

내가 진짜 원하는 것이 무엇인지를 찾아봐야 한다. 그것이 무엇인지 알게 되면, 또 그로 인해 내가 누구인지 제대로 알게 되면 진짜 꿈이 보인다. 진짜 '나'를 알게 되면 나를 찾기 위해 방황하는 몇 년의 시간을 벌게 될 것이다.

학생들뿐만 아니라 다양한 분과 <말하기와 글쓰기>, <자신을 표현하는 말하기>, <스토리텔링> 등의 강의로 만난다. 벌써 10년이 다 됐다.

문수실버복지관에서는 <스토리텔링을 통한 세대소통 프로그램- 너에게 들려줄 이야기>라는 이름의 프로그램을 진행했다. 나의 손주나 자식들에게 전해 주고 싶은 이야기를 글로 써서 책을 만드는 프로젝트였다. 첫해에는 2번 정도 간단한 글쓰기 강의를 하고 어르신들께 글의 주제를 정해 드리거나, 전체적인 구성을 하고 어르신들께서 글을 써서 보내 주시면 첨삭을 해서 한 권의 책을 만들어 드렸다. 쓰인 글을 뜯어고치는 일이 쉽지 않기도 하고, 무엇보다 어르신들의 목소리를 직접 듣고 싶다는 마음이 들었다.

이듬해 복지관에서는 <스토리텔링을 통한 세대소통 프로그램- 너에게 들려줄 이야기 2>를 진행하기로 하면서 이번에는 스토리텔링이 무엇인지, 글쓰기를 잘할 수 있는 노하우 등을 12회에 걸쳐 강의하기로 했다. 첫 강의를 간 날, 15명 정도 되는 어르신들께서 "우리 선생님"이라고 부르며 좋아하시는 모습에 가슴이 뛰었고, 가장 연세가 많으셨던 92세 어르신의 글쓰기 솜씨에는 정말 심장이 멈추는 줄 알았다.

12회차 동안 결석하는 분도 거의 안 계셨고 매번 글을 써 오는 숙제를 내드렸는데도 정말 잘해 오셨다. 어르신들의 글을 읽으면서 그 세월에 같이 웃고 또 같이 울면서 얼마나 정이 들었는지 모른다.

그때 내 나이가 고작 서른아홉 살이었다. 아흔이 넘는 어르신들 앞에서 아직은 보잘것없는 나의 이야기를 쏟아 냈고, 어르신들은 그런 나의 이야기를 귀 기울여 들어 주셨다. 같이 울고 같이 웃으며 우리는 서로를 알아 가고, 느끼고, 진짜 '서로'를 만났다. 나이는 상관없었다. 나중에는 어르신들께 "선생님은 엄마 같다"는 말도 들었다. 손주뻘 되는 내게 그런 느낌을 받았다고 말씀해 주신 건 얼마나 큰 칭찬이었는지 모른다.

　그렇게 어르신들의 무한한 신뢰와 사랑으로 <스토리텔링을 통한 세대소통 프로그램- 너에게 들려줄 이야기 2> 책도 무리 없이 나와서 출판기념회도 가졌다. 그 이후로도 어르신들은 꾸준히 연락해 주시고, 떡도 보내 주시고, 언제나 따뜻한 마음을 보내 주고 계신다.

　다양한 경험은 당연하다 여겼던 것을 새롭게 바라보게 한다.

SNS에 강하다고?

　나는 SNS를 즐겨 한다. SNS(Social Network Service)는 역사가 그리 오래되진 않았지만, 폭발적인 성장으로 그 사용자가 이제 세계적으로 20억 명에 달하고 있다. 사용자가 기하급수적으로 늘어난 만큼 그 영향력에 따라 사회, 문화적으로도 SNS는 큰 관심의 대상이 되었다. 페이스북 같은 SNS는 컴퓨터 매개 커뮤니케이션 도구(CMC)로 보기도 하는데, 면대면 커뮤니케이션보다 그 확장성이나 영향력이 커서 좋다.

　글을 쓰다 보면 순간적으로 스치는 상념들이 있고, 문득 떠오른 생각에 '나는 이렇게 생각하는데 다른 사람들은 어떻게 생각할까' 궁금할 때도 있다. 어쩔 땐 주변 분위기에 휩싸여 글로 표현하고 싶어지는 순간들도 있다. 생각이란 늘 자유로우니까.
　하지만 단순히 일기나 다이어리에만 쓰기에는 잠들어 있는 생각들이 아쉬워 나는 SNS를 사용한다.

　지금은 인스타그램, 틱톡, 페이스북, 트위터 등 다양한 SNS

가 있지만 내가 대학교에 입학했을 2000년 당시에는 '싸이월 드'가 있었다. 싸이월드는 1999년에 만들어진 후, 2009년에는 일촌 맺기가 100억 건이 넘었고, 회원 수가 무려 3,200만 명이 나 되는 우리나라 대표 SNS로 부상했다. 하지만 스마트폰이 생 겨나고 PC에서 스마트폰으로 넘어가면서 페이스북과 인스타 그램 등에 밀려 2019년, 결국 서비스를 중단하고 말았다.

싸이월드에서는 일촌을 맺은 사람들에게 나의 다이어리를 공개하기도 하고, 미니룸에 불러서 함께 놀기도 하고 쪽지로 소통하기도 했다. 미니홈피라는 나의 공간에 사진과 글을 올리 면서 일촌을 늘려 가기도 했고, 기분에 따라서 배경음악을 도 토리(싸이월드에서 사용할 수 있는 가상화폐 개념)로 사서 바꾸기 도 했다. 또 미니홈피를 지키는 캐릭터인 미니미에게 새 옷을 입히기도 했다. 아마 미니홈피 스킨을 바꾸고 꾸미는 데에도 꽤 많은 도토리를 썼던 것 같다. 싸이월드 메인 화면에는 오글 거리는 멘트의 인사말을 적어 두고, 나와 일촌이 된 친구들은 나에 대해 혹은 나에게 하고 싶은 말을 일촌평으로 적었다. 이 모든 걸 통틀어 '싸이질'이라 했다.

싸이질은 여러 예시가 있지만, 대표적으로 연인과 헤어졌 을 때 배경음악을 이별 노래로 바꾸고, '애인이었던' 그의 일촌 평을 삭제하는 것을 들 수 있다. 그와 함께했던 앨범도 통째로 잠기고, 다이어리에는 '사랑은 없다'라거나 '이제 다시는 사랑 안 해' 등의 멘트를 남겼다. 헤어진 걸 알리는 방법이라고나 할까. 눈물짓는 셀카로 이별 인증은 필수.

내 싸이월드에는 대학 시절 사진부터 방송작가가 되고 현장을 뛰어다니던 시절의 사진, 결혼과 출산, 우리 민찬이, 영준이의 성장 과정 사진들까지 모두 있다. 그만큼 나의 청춘과 아픔, 추억이 쌓인 엄청난 소통의 장이었다. 아마 나뿐만 아니라 많은 30, 40대에게 싸이월드란 그런 의미로 기억될 것이다.

또 그곳에는 나의 자유로운 생각들이 날아다녔다. 꼭 기억해야 할 중요한 생각이나 멋진 글귀로 공간을 채웠다. 그런 생각들은 적어 두지 않았다면 금방 사라졌을 것이다. 생각과 느낌은 붙잡아 두지 않으면 내 것이 될 수 없다. 내 생각들을 다이어리에 적어 두고, 거기에 다른 이들의 생각이 더해짐으로 하나의 새로운 그림이 그려질 때가 많다.

지금은 싸이월드를 대신해 '페이스북'을 이용하고 있다. 페이스북은 현재 전 세계 모든 SNS 가운데 가장 성공한 기업으로 평가된다. 2004년 당시 만 19세였던 마크 저커버그가 하버드대학교 재학생들의 친목 목적으로 만들었고, 이후 '전 세계 모든 사람을 페이스북으로 연결시키겠다'던 그의 창립포부는 거의 실현된 듯하다. 페이스북에서는 사람들이 시간과 장소의 구애를 받지 않고 생각을 나눈다. 태국에서 10년 가까이 살다가 지금은 싱가폴에 가 있는 친구 경아와도 페이스북에서는 무슨 반찬으로 밥을 먹었는지까지 공유할 수 있으니 이 얼마나 좋은가.

자주 보지 못하는 친구들의 삶을 볼 수 있고 나의 삶을 나눌 수도 있다. 그리고 우리는 서로의 삶에 응원을 보낸다. 그래서 '좋아요'를 누르고, '댓글'을 단다.

그리고 2015년경에는 카카오톡을 기반으로 한동안 인기를 끌었던 것이 '카카오스토리'였다. 특히 SNS 활용이 조금 어려웠던 어르신들이 애정하셔서 50, 60대 이용자가 가장 많이 사용하는 SNS 1위를 기록했다.

요즘은 '브런치'라는 애플리케이션을 통해 글을 쓰고 있다. 브런치는 글과 작품, 사람을 이어 주는 곳으로 자신이 쓴 글을 브런치 팀에 보내고 작가로 선정이 되면 계속 글을 써서 올릴 수 있다. 브런치 책방을 통해 작가가 된 다른 사람들의 글을 읽을 수도 있고, 자신만의 매거진을 만들어 독자를 늘려 갈 수도 있다. 책 출간부터 마케팅까지 지원해 주는 출판 프로젝트는 물론 최근 뜨고 있는 오디오북도 제작할 수 있는 새로운 무대가 창작자들에게 펼쳐지고 있다.

2015년, 내가 쓴 글을 브런치 팀에 보내고 하루 이틀을 떨리는 마음으로 기다렸던 기억이 난다.

'브런치 작가에 선정되셨습니다'

선정 메일 문구를 보고 소리를 질렀다. 그리고 마주한 글쟁이들의 세상에서 정말 많은 사람이 작가를 꿈꾸고 있다는 것과 그 꿈을 향해 나아가고 있다는 것을 느꼈다. 그들의 글은 나에게 아주 강력한 자극제였다.

4장

**작가가
본캐**

N잡시대 부캐 ① DJ

울산에서 나고 자라, 울산에서 사는 나였지만 방송물을 10년 먹었다고 사람들은 나보고 고향이 어디냐고 물어본다. "울주군 덕하예요"라고 대답하고 싶지만 애써 웃음을 참으며 울산 토박이라고 말하곤 한다.

내가 이런 소리를 들을 수 있었던 건 끊임없는 연습 때문이다. 사투리를 쓰지 않기 위해서 연습을 한 것이 아니라, 대본을 쓰면서 그 대본을 읽을 사람이 되어 소리 내어 읽는 연습을 10년간 해 온 것이다.

이렇게 읽으면서 글을 쓰다 보면 글의 길이도 조절할 수 있고 발음이 어렵거나 말로 했을 때 어색한 문장도 바로바로 고칠 수 있다. 무엇보다 대본 읽을 사람의 특성을 파악하여 글을 쓰기 때문에 사람마다 어울리는 단어나 말의 어미 선택도 가능했다.

라디오에서는 이 작업이 너무나 중요한 작업이다. 1시간에서 2시간 정도의 프로그램을 MC가 끌어가야 하기에 MC의 톤과 어조에 맞는 대본을 써야 했다. 그 안에는 웃음 짓게 하는 재미있는 글도, 담담하지만 감동 있는 글도, 정보를 전달하는 글도 담겨야 한다.

그중 제일 어려운 것은 콩트였다. 너무 유치하게 쓸 수도 없고, 진짜 웃겨야 좋은 건데 내가 쓴 글이 웃긴 게 맞는지 모르겠어서 MC한테 직접 읽어 보게 하고, "괜찮다"는 소리가 나와야만 그 대본을 완성할 수 있었다.

이렇게 열정적으로 일을 하다 보니 이야기가 잘 통하는 MC와 코너 하나를 같이 진행해 보는 것이 어떠냐는 이야기가 나왔고 국장님의 허락으로 DJ 진출을 하게 되었다.

'하 작가의 음악시간': 하 작가의 음악과 시(詩)가 있는 시간

MC
선선한 바람이 여름을 보내고
약간은 뜨거운 햇살이 가을을 데리고 왔습니다.
이제 곧 단풍이 곱게 물들고, 낙엽이 땅으로 내려오겠죠?
그러면 옛 추억도, 첫사랑도 아련히 생각나지 않나요?
오늘도 옛 추억 도란도란 이야기 나누고 싶은
하 작가와 함께할게요~

하 작가
반갑습니다. 한 주 동안 잘 지내셨죠?

순식간에 온도가 달라진 것 같아요.

분명히 지난주에는 더워서 반팔을 입고 있었는데

오늘은 선득함에 이렇게 재킷 하나 걸치게 되더라고요.

MC

그래서 이렇게 멋스럽게 하고 오셨군요~?

제대로 가을 여자가 되신 하 작가님,

오늘 '하 작가의 음악시간', 어떤 사연으로 함께하나요?

하 작가

오늘은요, 두 아이의 아빠가 보내 주신 사연이에요.

바로 사랑하는 아내에게 보내는 편지입니다.

BG IN>

MC

우리 예쁜 두 공주, 하영이, 하윤이 엄마,

어제 늦게 집에 들어왔는데,

아이들 옆에서 잠들어 있는 당신을 보니

문득 미안한 마음이 커지더라.

정말 하고 싶은 것도 많고, 재능도 많은 당신이

두 아이의 엄마가 되어서

집에만 있으니 얼마나 힘들까 하는 생각이 이제야 들더라고.

에너지를 일하는 것으로 쓰지 못하니

더 지쳐 잠든 건 아닌가 싶고.

우리 하영이, 하윤이 이제 유치원도 가고, 어린이집도 다니니까

식탁 위의 작가

이건 <하 작가의 음악시간> 도입 부분의 대본이다. 이렇게 청취자의 사연을 소개하고 그 사연에 어울리는 글 한 편과 노래 하나를 들려주는 코너였다. 때로는 시가 되기도 했고, 때로는 어떤 소설의 일부, 에세이의 일부가 되기도 했다. 프로그램이 자리 잡기 전에는 주변 지인의 사연을 받아 살짝 가공하여 '청취자 사연'으로 사용하였다. 시간이 지나면서는 진짜 사연들이 들어왔다.

사연은 길이가 너무 짧거나 너무 길면 조금 손을 보고, 사연을 소개했다. 그리고 그 사연의 신청자가 되어, 사연에 담긴 마음을 느껴 보았다. 기쁨, 슬픔, 아픔…. 여러 감정이 느껴지는 사연들을 접하고 나면, 나도 마음을 담아 선곡한 노래를 들려주었다. 그 속에서 진짜 소통이란 이런 것이구나 하는 생각을 했다. 작가라는 일이 참 행복하게 느껴지는 순간이었다.

문학 치료란 문학작품을 읽고 내면에 떠오르는 감정을 자유롭게 글로 표현하는 것을 말한다. 그 과정에서 상처와 불안정한 심리가 치유된다. 흔히 문학 치료를 글쓰기 치료라고도 부르는데 독서 치료와 비슷하다 느낄 수 있으나, 읽기보다 글쓰기에 더욱 중점을 둔다. 특히 자신의 감정을 말로 표현하는 게 서투른 사람에게 필요한 치료다. 미처 의식하지 못했거나, 창피하고 어색해 표출하지 못했던 감정이 글쓰기를 통해 드러나기 때문이다.

문학 치료를 위해 읽는 문학작품은 자아성찰을 위한 매개체다. 시·소설·수필 등 다양한 문학 장르가 활용되고, 각자 상황에 맞는 작품을 골라 준다. 증상에 따라 약을 처방하는 것과 마찬가지다. 한편 책을 통해 자신과 비슷한 처지인 사람을 마주하면 감정이 이입돼 마음의 위안을 얻기도 한다.

교통방송을 하던 시기에 불교방송에서도 제안이 들어왔다. 책을 소개하는 프로그램을 같이해 보지 않겠냐는 것이었다. 나는 흔쾌히 수락했고, 〈월요일의 수다〉라는 코너로 거의 100회 가까이했으니 1년이 52주면 거의 2년을 쉼 없이 달렸다. 나는 책 읽기와 말하기와 글쓰기, 음악으로 치유의 시간을 가졌다. 지금 생각해 보니 당시 나는 제대로 된 문학 치료를 한 것이다.

문학 치료에서 핵심은 글쓰기라고 한다. 작품을 통해 느낀 감정을 글로 쓰다 보면 자신의 의식·무의식 속의 상처나 트라우마가 겉으로 드러난다. 자신이 글을 써 놓고도 '내가 왜 이런 구절을 썼나' 하며 놀라는 경우도 많다. 이것을 두고 글쓰기를 통한 '감정의 객관화'라고 부르는데, 감정은 말로 내뱉으면 상당

부분 의미 없이 흩어지지만 글로 표현하면 명확해지고, 자신도 몰랐던 내면 깊은 곳에 있던 마음까지 알게 되는 효과가 있다.

나는 2년간 책을 소개하기 위해 엄청난 양의 책을 읽었다. 그리고 마음에 드는 구절들을 끊임없이 찾으면서 내 상황에 따른 감정들을 느껴 왔다. 그리고 그 감정들을 대본이라는 글쓰기로 풀어내면서 스스로 문학 치료를 한 것이다. 이렇게 글로 쓴 것을 다시 말로 하면서 최종적으로 내 마음을 정리하기도 했다. 불교방송 아나운서인 수진이랑 글을 읽다가 울고, 웃고 우리끼리 그야말로 야단법석이었다.

코드 IN>

박 아나운서
월요일의
하 작가
수~다~

코드 OUT>>

박 아나운서
<BBS 울산불교방송>, 무명을 밝히고,
오늘도 하미라 작가와 함께
월요일의 즐거운 수다, 유쾌한 수다

나눠 보려고 합니다.

하미라 작가, 어서오세요~ (인사)

하 작가

네, 반갑습니다~

박 아나운서

1월 12일 월요일의 만남입니다.

시간이 왜 이렇게 빠르죠?

눈 깜빡하면 하루가 지나간다는 말이

무슨 뜻인지 이해가 가는 요즘이에요.

하 작가

아, 그렇다면 오늘 제가 책을 제대로 선택한 것 같아요.

오늘도 수진 씨에게 강력 추천해야겠는데요?^^

박 아나운서

(반응)

안 그래도 일주일이 순식간 같은 것이

하 작가님이 소개해 주시는

책을 읽으려고 치면 또 월요일이고

또 월요일이고 그렇네요~

아니, 오늘은 어떤 책 이야기를 해 주시려고 그러세요?

하 작가

이 책은 제가 새해 기념으로

한꺼번에 여러 권의 책을 샀는데

사실 계획에는 없던 책이었습니다.

그런데 제목만 보고 선택한 책인데요.

『죽기 전에 이루어야 할 자신과의 약속, 버킷리스트』입니다.

책 소개를 하기 전에 버킷리스트 적어 보신 적 있으신가요?

박 아나운서

아, 버킷리스트~

생각은 많이 해 봤어요~

하 작가

버킷리스트라고 하는 것은

죽기 전에 해 보고 싶은 일들을 적은 목록을 가리키는 말인데요.

영화로도 나와 눈물샘을 자극하기도 했죠~

저는 작년에 처음으로 버킷리스트 100개를 작성했습니다.

쉽지 않더라고요.

박 아나운서

아, 작성을 하셨다는 것만으로도 대단한 것 같아요.

이게 쓰자니 너무 거창해지고,

소박한 건 굳이 쓰지 않아도 될 것 같고

이래저래 고민하다 보면 쓰기가 어렵더라고요.

하 작가

책에 이런 내용이 있어요.

'순간을 열심히 사는 사람은

영원을 열심히 사는 사람이다.

당신의 버킷리스트는 당신이 삶의 매 순간에

최선을 다할 수 있도록

이끌어 주는 이정표가 되어 줄 것이다'

박 아나운서

삶의 이정표… 멋지네요.

그럼 책 소개 좀 해 주세요~

하 작가

인생은 내 것이고, 한 번뿐이죠.

남들이 보기에 화려하지 않아도

내게 중요한 일이라면 그것을 해야 한다는 것,

인생에 정답은 없다는 것,

주인공 태양의 의미 있는 삶 만들기 프로젝트가

이 책의 주요 내용인데요.

꿈도 없이, 열정도 없이 그냥 시간에 이끌려 살아가는 사람들에게

자극을 주는 책인 것 같아요.

박 아나운서

아, 또 끌리네요.

저도 아주 열심히 살아가고 있다고 생각은 하는데,

가끔은 시간에 끌려가는 느낌 많이 받거든요.

하 작가

우리가 살아가면서

바꿀 수 있는 유일한 것이

바로 지금이라고 하잖아요.

인생에서 성공하고 싶다면

언제라도 이 세상을 떠날 수 있음을 깨닫고

바로 이 순간의 삶에 충실하라고 말합니다.

그럴 때 삶을 바라보는 자세는 긍정적이 되고,

삶의 모든 과정이 달라진다고 해요.

박 아나운서

버킷리스트는 죽음을 눈앞에 두고 있다고 생각하고

지금 당장 하고 싶은 것들을 적잖아요.

생각이지만 비장한 각오로 쓰면

정말 하고 싶은 것에 대해

생각할 수 있을 것 같긴 해요.

그럼 책 속의 이야기 조금 들어 볼까요?

BG IN>

대본을 쓰는 건데도 마치 아나운서 수진이와 수다를 떠는 것 같은 기분, 그것이 이 프로그램 최고의 매력이었다. 정말 이름 그대로 〈월요일의 수다〉 시간이었다. 그렇게 라디오를 하면서 나는 내가 원하는 소통을 했다. 곰곰이 생각해 보면 다른 사람보다 나 자신과 소통을 했다. 글을 쓰는 순간이 행복했고 그 멘트를 읽어 내려가는 순간이 즐거웠다. 그때 함께 방송을 했던 수진이랑은 정말 라디오 녹음 중에 울기도 하고 웃기도 하면서 숱한 이야기를 나누었다. 나이는 6살이나 어린 친구지만 정말 친한 친구가 되었다.

글을 쓰는 일 외에도 자신을 믿고 갈 수 있었던 또 하나의 일, DJ.

N잡시대 부캐 ② 문화예술공연 기획자

    사람들은 나보고 나름 예술인의 피가 흐른다 말한다. 아마도 자유분방한 생각의 흐름이 그렇게 보이도록 한지도 모른다. 그런데 그런 자유로움 속에도 나름의 규칙이 있고, 선이 있다. 그래서 나는 내가 예술가나 이상주의자라기보다는 '현실주의자'에 가깝다고 생각한다. 가끔 내 마음이 남의 마음과 같지 않아서 문제지.

    방송작가로 일을 하다가, 여러 문제가 겹쳐 잠시 방송을 내려 두고 스토리텔링과 기획, 홍보 영상 작업 등을 하는 사무실을 열었다. '문화공작소 낯선 생각'이라는 이름으로. 우리의 인생은 낯선 길의 연속이니까 그 길에 새로운 생각으로 함께하겠다는 의미였다.

    방송 일을 하면 외주제작 프로그램이 많았다. 방송국을 통해서 들어오는 개인적인 일들도 많았고. 그런 일들을 아무런 구애 없이 선택적으로 하고 싶다는 생각으로 접근했던 게 시작이었다. 세상에 어떤 일이 그리 쉬우랴.

티끌처럼 모은 돈으로 사무실을 얻은 뒤 이곳에서 엄청난 회의가 오가는 장면을 상상하며 가로 1,600mm짜리 테이블을 2개를 놓고, 이것만은 놓칠 수 없다며 청록색 소파도 놓았다. 아, 냉장고가 필요하지. 빨간색 귀여운 냉장고도 놓고 '여기는 글쟁이의 사무실이니까' 커다란 책장을 3개나 놓았다. 그리고 집에 가득 쌓여 있던 책 중 내가 좋아하는 책들을 옮겨 와 책장을 채웠다. 커다란 모니터 옆에 노트북까지 두고 나니 어느새 제법 사무실 모양을 갖추었다. 이제 일만 들어오면 된다.

'아, 그런데 내가 이런 사무실을 차린 걸 사람들에게 어떻게 알리지?'

내가 사무실을 차렸다는 걸 알아야 일을 맡기든, 상담을 하든 할 것 아닌가? 그래서 SNS에 나의 사무실을 공개하고 '난 이런 일을 한다'고 나름의 홍보를 했다. 남 일에는 홍보 전문가라면서 내 일에는 그렇게 적극적으로 할 수가 없었다. 부끄러웠다고나 할까.

첫 번째로 들어온 일은 사회적 기업의 탄생 스토리텔링에 관한 의뢰였다. 일반 기업이었다가 예비 사회적 기업이 되었는데 그 안에 스토리가 있었으면 좋겠다는 것이다. 몇 차례 만나 회의를 했다. 이 일을 왜 시작했는지부터 그동안 이 일의 비전은 어떠했는지, 왜 사회적 기업으로 만들고 싶은지 등등. 며칠을 고민해서 이 기업이 사회적 기업이 될 수밖에 없었던 이유에 대한 스토리텔링이 완성됐다. 그리고 P.P.T로 정성스럽게 작업해서 대표님께 전달했다. 그런데 그새 대표님의 생각이 바뀌어 있었다.

"굳이 스토리텔링 이런 것까지 할 필요가 있겠나~ 대화 나누면서 좋았네."

사람들은 '글을 쓴다'는 것을 가끔 일이라고 생각하지 않는다. '그냥 몇 글자 끄적거리는 것이 돈을 받고 할 일인가?' 이런 식으로 생각하는 분들이 계셔서 예술가들은 배고프다. 글뿐만 아니라 이야기를 나눠 보면 디자인 작업에 있어서도 실컷 의뢰해 놓고 캔슬 하는 경우가 많다고 한다. 그것 잠깐 해 보는 것, 그것 잠깐 써 보는 것이라는 식으로 우리 일을 가볍게 보는 거다. 일주일을 고민해서 탄생한 한 사회적 기업의 탄생 비화 스토리텔링은 그렇게 사라졌다. 정말 속상했다.

또 한 번은 두 사장님이 식당을 오픈하시는데 식당 이름, 식당에 대한 스토리텔링, 그리고 인테리어 콘셉트, 간판 디자인, 메뉴 디자인까지 모든 걸 맡아 달라고 하셨다. 나를 믿고 이렇게까지 맡겨 주시다니 감개무량한 순간이었다. 가게 내부를 실측하고 메뉴를 받아 와서는 가게 이름부터 고민하기 시작했다. 나이가 50이 훌쩍 넘은 친구 둘, 그 두 사장님이 겪은 인생의 이야기는 마치 한 편의 영화 같았다.

"그런데 우리가 지금 당장은 돈이 없어요. 하 작가. 돈 좀 벌어서 꼭 비용 지불할게."

'그래, 지금 당장 받지 못해도 돈 벌면 준다고 했으니까 작업을 시작해 보자. 이곳에 오면 인생을 배우는 것이다. 음식에 녹아든 인생, 오늘 지친 나의 삶을 이 식당에 와서 나이 지긋한 사장님들의 음식을 먹으면서 푸는 거다'.
　그렇게 식당의 콘셉트와 스토리텔링을 완성하고 간판에 들어갈 글자와 메뉴판도 직접 캘리그라피로 적었다. 내부 인테리어, 간판과 메뉴판은 단순하게 갔지만, 전체적인 내부 색감은 강렬하면 좋을 것 같았다. 그래서 짙은 청색과 톤 다운된 다홍색으로 벽의 이미지를 그렸다. 한참 열과 성을 다해 작업하고 인테리어는 직접 사장님들이 페인트를 사 와서 칠하시고 메뉴판과 간판 작업도 완료되어 오픈 준비를 마무리했다. 손맛 좋은 사장님의 음식 덕에 식당에는 손님들이 몰려들었다. 지금은 2호점, 3호점까지 내셨다. 역시 내가 기획한 콘셉트와 나의 글씨로 말이다.
　하지만 아직 사장님들께는 연락이 없다. 아직 돈을 다 벌지 못하셨나 보다. 벌써 6년이 흘렀다.

　프리랜서로 일하면서 가장 힘든 부분이 바로 이 부분이었다. 작업 비용부터 받고 일을 하면 괜찮았을 텐데, 또 그렇게 되진 않았다. 나 스스로 확신이 들어야 작업 비용을 받을 수 있다고 할까. 어쨌든 문화공작소 낯선 생각은 내가 갑작스럽게 구청에 들어가면서 주인을 잃었다. 그리고 먼지가 더 쌓이기 전에 친구에게 작업실을 좀 치워 달라고 부탁했다.

N잡시대 부캐 ③ 글 쓰는 7급 공무원

　내가 '문화공작소 낯선 생각'을 열어 고군분투하고 있다는 소식을 들은 누군가가 구청에 홍보 관련 임기제 공무원을 뽑는다며 지원해 보라고 했다.

　"공무원?!"

　상상도 해 보지 않았던 일이었다.

　"내가 공무원을 하면 어떨 것 같아?"
　"니는 3개월도 안 돼서 뛰어나올 끼라. 답답해서 거기에 있을 수 있겠나?"
　"그치? 그렇겠지?"

　나를 잘 아는 사람들은 모두 콧방귀를 꼈다. 나와 공무원은 전혀 어울리지 않으며 나는 답답한 그곳에서의 생활을 견디지 못하고 모든 것을 벗어던지고 나올 것이라고 확신했다. 맞는 말이었다. 내가 아는 공무원이라는 직업도 꽉 막힌 틀 안에 있는 느낌이었으니까. 하지만 가족들의 반응은 달랐다.

"그런 게 있으면 당장 가야지! 무슨 고민을 하노?!"
"남들은 하고 싶어도 조건이 안 된다는데 니는 지금 그걸 말이라고 하나? 당장 가라!"

가족들은 강력한 어조로 말했다. 사실 우리 가족들은 나랑 성향이 좀 다르다. 사업하는 집의 사업가들과 글을 쓰는 프리랜서 글쟁이는 전혀 궁합이 맞지 않다. 그래서 내가 하는 일이라면 우선 쌍수를 들고 말리고 본다. 그건 해도 안 될 일이라며 나의 들뜬 마음에 찬물을 끼얹는다. 당시에는 왜 안 된다고만 하는지 기분 나쁘기도 했지만, 시간이 지나고 보니 가족들의 말이 맞았던 적이 많았다. 그래서 이번에는 가족들의 말을 따르기로 했다.

그렇게 원서를 넣고 1차 서류 합격을 하고, 2차 면접까지 봤다. 방송을 하면서 울산에 대해서는 훤히 알고 있었고 지역 현안이나 여러 문제가 되는 사안들에 대해 고민도 해 본 적이 있었다. 덕분에 면접관들의 날카로운 질문에도 전혀 당황하지 않고 하나하나 대답했다. 스스로 아주 대견하다 생각했던 순간이었다. 그렇게 원서를 넣고 면접을 본 후 합격까진 2달도 채 걸리지 않았다. 2016년 10월 1일자로 구청의 7급 임기제 공무원이 되었다. 처음(?)으로 가족들에게 자랑스러운 딸이 된 날이다.

그전까지 공무원이 하는 일에 대해서 깊이 생각해 본 적이 없었다. 일복 많은 나는 신기하게도 모든 것을 일찍 체험할 수 있었다. 임용장을 받기 전날, 세상은 태풍 '차바'의 영향으로 어두컴컴했다. 2016년 10월, 태풍 '차바'가 대한민국을 강타했다. 특히 남부지방과 제주도에 많은 비와 강한 바람으로 엄청난 피해를 주었다. 지금까지 10월에 한국에 영향을 미친 태풍 중 가장 강력한 태풍이었다고 한다. 특히 울산은 태풍이 오기 불과 얼마 전, 이미 지진으로 피해를 입은 터였다. 차바는 사망자 7명, 실종자 3명, 피해총액 약 2,150억 원의 피해를 남기고 사라졌다. 마치 영화 <해운대>의 한 장면처럼 무서운 광경들만을 남긴 채.

울산 북구와 울주군이 특별재난구역으로 선포될 정도로 울산의 피해는 심했다. 엄청난 폭우가 내려 곳곳에서 침수 피해가 발생했고, 태화강은 홍수경보가 내려졌다. 태풍이 지나간 하늘은 언제 그랬냐는 듯이 티 없이 맑기만 했지만 땅의 사정은 달랐다. 엉망이 된 태화강과 마을 곳곳을 치우는 것은 공무원들의 몫이었다. 처음 알았다. 공무원이 비상이 걸리면 언제고 뛰쳐나가야 한다는 사실을. '나는 글을 쓰러 들어왔는데…'라는 생각은 부질없었다. 비상이 걸리면 예외가 없었다. 전부 총

동원되어 아수라장이 된 지역을 최대한 빨리 원상 복구시켜야
한다. 그렇게 임용장의 잉크가 마르기도 전에 출근하고 바로
다음 날부터 비상소집을 당했고 넓디넓은 태화강과 동네 곳곳
을 청소했다. 장화를 신고, 뻘이 된 곳을 걸으니 다리가 땅에 붙
어 말을 듣지 않았다. 그렇게 일주일을 청소만 하다 보니 앞이
어질어질했다.

"하 주사님은 복도 많네요. 이런 것도 바로 경험하고. 난 공
무원 10년 하면서 처음인데."

그랬다. 절대 흔한 일은 아니었다. 1959년 태풍 '사라'나
2003년 태풍 '매미'와 같은 급의 태풍이었다고 하니 말 다한 거
다. 자연재해가 일어나면 다들 도망갈 때, 반대로 움직이는 것
이 공무원이라는 것을, 눈이 오면 '와~ 눈이다!' 하고 좋아할 것
이 아니라 '또 비상이군!' 하면서 마음 졸이는 것이 공무원이라
는 것을 그제야 알았다.

태풍 '차바'로 인해 나의 공무원 시작은 험난했지만 2주 정
도가 지나자 안정을 찾고 본래 나의 일을 시작할 수 있었다. 내
가 해야 할 일은 주 2회 새벽 5시에 출근해서 신문자료 스크랩
하기, 구청장의 연설문이나 기고문, 방송 인터뷰 대본과 각 부
서의 기고문 및 행사 시나리오, 보도자료 작성과 구청 페이스
북 관리, SNS 서포터즈 관리 및 교육 등이었다.

원래 나에게 글을 쓰는 건 재미있는 일이었는데, 구청에서 일을 시작하고부터 점점 그 재미를 느끼지 못하게 되었다. 똑같은 행사의 시나리오, 똑같은 행사의 연설문, 비슷한 내용의 인터뷰 내용들, 보도자료… 내 생각은 절대 들어가서는 안 되고 오로지 '구의 방향'에 맞추어 써야 하는 글들…. 꼭두각시가 된 느낌이었다. 이래서 날 잘 아는 이들은 '3개월을 못 버틴다'에 한 표를 던진 거겠지?

　　그런 생각이 드니 오히려 이를 악물고 견뎌야겠다는 생각이 들었다. 내 사전에 포기란 없다.

　　다행히 기고문에서는 내 생각을 나름대로 펼칠 수 있었다. 그리고 처음 깨달았다. 어쩌면 나는 논리적인 글쓰기가 더 잘 맞을 수도 있겠다. 딱 떨어지는 주장을 내뱉는 기고문은 꽤 매력적으로 느껴졌고, 자연스럽게 많은 양의 기고문을 작성하게 되었다. 종종 자발적으로 써서 해당 부서에 넘겨 드리기까지 했으니 말이다.

　　그동안 방송작가로, 기획자로, 강사로 일하면서 갈고닦은 실력 덕에 구청에서 하는 일은 전부 자신 있었다. 다만 어려웠던 건 끊임없이 서류화하는 일이었다. 서류 작업은 지금 생각해도 나에게 너무 어려운 일이다. 업무 외 작업을 하려고 하면 서류를 제출해야 하고, 밥을 먹어도 서류를 제출해야 하고, 월차라도 쓰려 하면 몇 단계 거치며 승인을 받아야 했다.

"우리는 글은 못 써서 이렇게 하 주사님이 도와주시니 숨을 쉴 것 같아요."

그래도 많은 주사님들이 나를 찾아 주시고, 도와줘서 고맙다 하실 때면 보람을 느꼈다. 방송 인터뷰를 할 때는 방송관계자들의 심리를 잘 아니 문제를 척척 해결하는 데 어려움이 없었다. 내가 봐도 '척척박사' 같았다. 우리 구를 담당하는 기자들과도 아주 친하게 지냈다. 원래 알던 사람들이라 더욱 편했다.

구청 페이스북은 '딱딱하고 지루함'을 벗어던지고 조금은 과격한 변화를 시도했다. 그런 중에 과장님께 욕도 먹긴 했지만, 결론적으로 방문율도 높아졌고, 구에서 운영하는 SNS 서포터즈도 꾸준한 교육을 통해 SNS 활용 능력이 나날이 발전했다. 구청에서는 점점 더 많은 실적을 요구했다. 많은 공무원의 총애를 받고 있다고 생각했던 나는 어느 순간 그것이 아님을 알게 되었다. 2년 후, 지방선거가 있었고 나는 본의 아니게 새로운 길을 찾아가야 했다. 버티고 싶었지만 '왕따'가 그렇게 힘든 건 줄 처음 알았다. 결국 7급 공무원으로 2년을 버티고 다시 프리랜서 작가로, 문화공작소 낯선생각 대표로 돌아왔다.

N잡시대 부캐 ④ 전통시장 라디오 국장

"방송 다시 해 볼 생각 있어?"
"방송이야 당연히 환영이지. 그런데 어디서?"
"전통시장 라디오 방송"
"그 정도는 하면 되지~"
"근데 방송국을 만들고, 방송장비도 넣고, DJ 교육도 시키고 다 해야 해."

　그렇게 울산에서는 제법 큰 신정상가시장에 라디오 방송국을 만드는 일을 맡았다. 라디오는 언제나 나에게는 힐링이었기에 아무 걱정도 하지 않고 '재미있을 거야'라고만 생각했다.
　신정상가시장 안에 만드는 라디오 방송이니까 이름은 어떻게 지을까 고민을 하다가, 언제나 톡톡 튀는 아이디어로 든든한 아군이 되어 주는 락원 PD님이 '신통방통'은 어떠냐고 했다.

　'신통방통 FM: 신정시장에서 소통하는 라디오 방송'

"이름 진짜 마음에 든다."

이렇게 신통방통 FM은 만들어졌고, 나는 신통방송 FM지기가 되었다. 하지만 언제나 순조로운 건 없었다. 라디오 장비를 세팅할 공간도 없고, 라디오부스 설치는 더더욱 힘든 상황이었다. 라디오를 진행하려면 생방송이든, 녹음방송이든 독립된 공간이 있어야 했지만 독립된 공간은 꿈도 꿀 수 없는 상황이었다. 시장번영회 사무실에 딸린 회의실이 전부였다. 그 안에 부스설치는 불가능했다. 마치 사우나실처럼 제작할 수는 있었지만 그것만으로도 사업비가 넘칠 상황이어서 결국 방송을 할 때는 회의실 문을 잠그는 정도로 결론지었다.

또 시장 내 설치된 스피커들은 간격도, 높낮이도 모두 달랐다. 안내방송 한번 하면 어디는 소리가 너무 크다, 어디는 작아서 안 들린다 불만이 마구 쏟아졌다.

그래도 회의실 한쪽 구석에 라디오 송출에 필요한 장비들을 사서 세팅하고 마이크도 설치했다. 어느 정도 모양을 갖춘 미니 조종실이 만들어졌다. 모양은 어느 정도 만들어졌는데, 가장 중요한 일 하나가 남아 있었다. 바로 방송을 함께할 DJ를 모집하는 일이었다.

원래 취지는 시장에 라디오 방송국을 만들어서 시장 상인들에게 DJ 교육을 하고, 대본도 쓰고 시장의 소식을 전하는 라디오방송을 하는 것이었다. 전통시장을 찾는 고객들이 즐겁게

장을 보고, 호기심도 가질 수 있도록 말이다. 그런데 다들 너무 바빠서 DJ 교육을 받을 수 있는 상인이 거의 없었다. 결국 DJ에 관심이 있는 일반 사람들이라도 모아 DJ 교육에 들어갔다.

현직 아나운서를 강사로 불러서 함께 발성 및 발음 교육, 기술 교육, 라디오의 이해, 라디오 기본교육, 말하기 특강, 대본 쓰기 등 20회 가까이 교육이 이루어졌고, 이후 실습하기를 통해 진짜 방송분을 녹음해 봤다. 몇 회차에 걸쳐 교육을 했다고 해도 일반인이 라디오에 흘러나오는 DJ처럼 술술 말을 할 수는 없었다. 현장에서 오랜 세월을 거친 경험치는 쉽게 따라갈 수가 없으니까. 일반인 DJ들은 스스로 말투와 멘트의 어색함에 자꾸 주눅이 들고 자신감을 잃어 갔다.

"안 되겠다. 그냥 하 작가가 진행하자."

그렇게 나는 신통방통 FM DJ가 되었다. 시장 내에서만 라디오 방송을 하면 듣는 사람이 적을 것 같았다. 더 넓은 홍보 방법을 고민하다 선택한 것이 페이스북 Live 방송이었다. 물론 페이스북 친구가 많은 개인 계정으로 라이브를 켰고, 동 시간에 시장에서는 라디오 방송을, 페이스북에서는 보이는 라디오를 진행했다. 처음에는 이게 뭔가 싶어서 들어왔던 페친들이 댓글을 달아 주고 질문을 하고 내가 말하는 이야기에 귀를 기울여 주었다. 무엇보다 다음 라이브를 기다려 주는 사람들이 생겼고, 어느 순간 신나게 방송을 즐기고 있었다.

한 번씩 라디오와는 별개로 페이스북 Live를 켜서 신정시장 내 맛집을 돌아다니며 소개도 했다. 우리가 시장 홍보 방송을 한다는 걸 알게 된 상인분들은 음식 협찬도 해 주셨다. 그리고 시장에서도 신통방통 FM 청취자들이 생기면서, 내가 지나가면 "아나운서 아가씨"라고 불러 주시며 아는 척해 주시는 분들이 생겼다. 내가 아나운서도 아니고, 아가씨도 아니지만, 기분 좋은 호칭이었다.

그렇게 가을쯤 시작했던 신통방통 FM은 사업비 보조 기간이 끝나고도 열성적으로 운영을 했다. 하지만 수익이 없으면 사람은 지친다. 아무리 사랑하고 좋아하는 일이라고 해도 지속해서 수익 창출될 수 있는 모델이 없으면 그것은 일도, 취미도 아닌 골칫거리가 될 수 있다. 하지만 참 재미있었던 '라방'(Live 방송). 기회가 되면 다시 해 보고 싶다.

5장

**인생
하 작가**

무전여행

막내작가로 아침 생방송 프로그램을 할 때였다.

"봄 특집으로 꽃 좀 찍어 와."

팀장님의 명령으로 금요일 여행 꼭지를 맡고 나는 전라도 여행 특집을 찍으러 떠나게 되었다. 사실 일거리가 가득 생긴 건데 그땐 왜 그리도 신이 났던지. 특집 주문을 하신 팀장님을 필두로 카메라 감독, 오디오맨, 그리고 리포터와 여행을 도와 줄 여행작가님까지 섭외해 우리는 전라도로 여행을, 아니 촬영을 떠났다. 지금 생각해 보면 당시 팀장님이 여행을 가고 싶었던 것 같다. 봄을 탔던 건 아닐까?

작가가 되고 울산을 벗어나는 것은 경주 촬영 이후로 처음이었다. 내가 있던 곳이 지역 민영방송이다 보니 다른 지역을 갈 일은 극히 드물었다. 그런데 잘 가 보지도 못했던 전라도여행이라니. 아주 신나서 말이 떨어지기 무섭게 집에 가서 짐을 쌌다.

특히 내가 더 들뜬 이유는 구성안도 없는 무데뽀여행 촬영이라는 점 때문이었다. 보통 촬영을 가면 어떤 구성으로 어떤 것을 촬영해야 하는지 일일이 촬영 구성안을 써야 하는데 이것이 참 만만치 않은 작업이다. 우선 아이템을 정하면 충분한 자료수집 후, 거기서 어떤 것이 필요한지 시험에 나올 문제를 제출하듯이 핵심을 짚는 예리한 눈으로 구성안을 작성한다. 어디에 가서 어떤 그림을 찍고, 어디서 누가 어떤 멘트를 하고, 어디서는 누구와 인터뷰를 하는 등 구성안은 모든 방송의 시작이다. 그런데 이런 구성안은커녕 자료수집 할 시간도 없이, 아니 할 필요 없이 무작정 전라도로 달린 것이다.

제일 먼저 도착한 곳은 바로 여수였다. 방송을 위한 촬영을 하기 위해서는 1박 2일, 3박 4일씩을 돌아다니면서 구경할 정도의 여유는 없지만, 포인트를 콕콕 찍어서 둘러볼 곳은 다 둘러보는 촬영을 하게 된다. 여수의 경우, 지금은 '여수 밤바다~'로 유명해졌지만, 당시에는 그 노래가 나오기 전이었고 여수를 대표하는 것은 게장집이었다. 나는 여행이라고는 하와이 어학연수(그것도 여행은 아니지만)를 빼놓고는 아르바이트하느라, 가본 적이 없던 터였다. 그 흔한 가족여행조차도 내가 중학생 때인가 해운대로 한 번 다녀온 것밖에 기억에 남아 있는 것이 없으니 어딜 가든 신나는 기분은 더 말할 것 없었다.

당시 갔던 곳이 지금 여수의 3대 게장집인 '황소식당'이었다. 지금 여수는 엄청난 규모의 게장집들이 들어서 어디가 어딘지 모를 정도가 되었지만, 그때 여행작가님의 강력 추천으로 갔던 그곳에서 단돈 5천 원에 한 상 부러지게 나오는 전라도 맛의 진수를 확인했다. 지금은 가격도 규모도 달라졌지만, 나는 여전히 황소식당을 기억하면 그때의 값싸고 푸짐한 인심이 떠오른다. 무엇보다 아직 게장 맛을 제대로 몰랐던 내게 양념게장과 간장게장에 눈을 뜨게 해 준 그야말로 '심봉사 눈 뜬 밥상'이었다. 그리고 돌산공원과 돌산 등대, 오동도 등을 찍고 다음 목적지로 넘어갔다.

그다음으로 살아 숨 쉬는 생태 도시 순천, 호삼지역을 대표하는 1,500여 년의 역사를 가진 선암사로 향했다. 매표소부터 선암사까지는 걸어서 15분 정도. 선암사 계곡의 물 흐르는 소리만 들리고 주변은 적막하고 고요한 분위기가 흘렀다. 사찰에 들어서기 직전, 조선시대에 지어진 무지개다리, 승선교를 만날 수 있다. 대한민국 보물 제400호로 지정된 승선교 아래에서 바라보는 선암사도 무척 아름다웠다. 선암사에는 20여 채의 건물이 있는데, 석가여래의 일대기를 8장의 그림으로 표현한 팔상도를 모신 팔상전을 비롯해 볼거리가 다양하다. 선암사는 영화 <아제 아제 바라아제>, 드라마 <용의 눈물>에 나오기도 했다. 선암사에 핀 홍매화도 기억이 아련히 난다. 그 옆에서 머리에 꽃 꽂은 채 사진 찍었던 기억도.

'순천' 하면 빠질 수 없는 곳이 순천만습지다. 고흥반도와 여수반도 사이에 바다가 파고들면서 만들어진 순천만. 이런 연안습지는 육상과 해양이 만나는 중간 지대로, 생태계의 보고라 할 수 있다. 겨울이면 희귀한 철새가 날아들어 갈대군락을 서식지로 삼아 겨울을 보낸다. 해 지기 전 순천만과 해 질 녘 순천만의 아름다움을 찍기 위해 반나절은 보낸 것 같다.

순천여행의 마지막은 조선시대 읍성 중 본래의 모습이 가장 잘 보존된 곳인 낙안읍성 민속마을이었다. 성곽이나 관아 건물은 물론이고 가옥 312동이 그대로 남아 있는 곳. 이곳 초가집에는 실제 주민들이 거주하고 있었다. 굽이굽이 난 길을 따라 산책하듯 걷다 보면 현대에는 찾아볼 수 없는 드라마 속 같은 광경들이 펼쳐진다. 실제로 이곳에서는 드라마 <대장금>의 세트장도 있다.

순천에 이어 여행한 곳은 섬진강 풍경과 함께 아름다운 매화 명소로 꼽히는 광양이었다. 광양에서는 섬진강과 시인 윤동주의 흔적이 남아 있는 생가, 윤동주 공원, 광양 불고기를 맛있게 먹은 기억이 있다. 아, 다시 한번 말하지만 이건 여행기가 아니라 촬영기다.

여러 곳을 들르고 더는 기차가 다니지 않는 철도에서 자전거도 타고, 그때 주가가 한창이던 한유진 리포터랑 신나서 사진을 찍으며 추억을 남겼다.

무데뽀 촬영이라 좋았지만, 사실 막막함도 있었다. 하지만 훌륭한 조력자인 김강수 여행작가와 호남여행을 지시하고 담당했던 당시 팀장님의 엄청난 기획력으로 우리는 일주일치 여행 꼭지를 만들어 낼 수 있었다.

나는 촬영에 작가가 꼭 따라가야 한다고 생각한다. 내가 구성한 구성안대로 촬영이 이루어지는지, 변동이 있다면 어떤 것이 있는지, 현장 분위기와 모든 상황을 파악하고 있어야 콘셉트가 분명하고, 촬영에 적합한 글을 쓸 수 있지 않을까?

그 후에도 '울릉도 특집'으로 1박 2일을 계획하고 들어간 울릉도에서 변화무쌍한 날씨로 인해 3박 4일을 갇혀 있었던 기억도 난다. 1박 2일, 토요일, 일요일을 이용해 다녀오는 여행 꼭지였는데 바다에 바람이 세게 불고 파도가 높아서 배가 움직일 수 없다고 한 것이다. 다들 옷도, 돈도 딱 1박 2일어치만 들고 왔던 상황에 울릉도는 '절박함은 무엇이든 해낼 수 있다'는 것을 가르쳐 주었다. 1박 2일짜리 구성안이 3박 4일로 바뀌면서 울릉도를 돌아다니면서 눈에 보이는 대로 바로 섭외하고 촬영하는 진기명기도 선보였다.

첫째 날, 둘째 날은 밥을 먹었는데 그 다음 날부터는 제작비가 거덜 나 불쌍하게 라면을 먹었다. 그 와중에 촬영용으로 먹었던 울릉도 따개비밥은 아직도 잊을 수 없다. 그때 우린 무척 배가 고팠고, 시장에서 만난 따개비밥은 그야말로 '꿀맛'이었다.

이렇게 방송을 하면 돈 없이도 여행을 다닐 수 있다. 물론 적극적으로 일하는 작가에게 돌아오는 특권이다. 다큐멘터리를 할 때는 해외여행을 가기도 한다. 그 재미로 긴 호흡에 지쳐도 다큐멘터리를 놓지 못한다.

또 작가는 새로운 아이템을 제일 먼저 맛보기도 하고, 마루타가 되기도 한다. 그런 새로움과 재미가 그 어떤 일을 할 때보다 신나게 한다. 예전에도, 지금도 마찬가지다.

내가 어떤 기획력을 가지고 어떤 아이템을 만드는가에 따라 작가는 값어치가 달라질 뿐 아니라 무궁무진한 경험을 할 기회가 생긴다. 적어도 나는 그랬다.

작가는 말이야

나는 하 작가다. '하 작'이라는 애칭으로 불린다. 나와 어느 정도 친분이 있는 사람들은 "내가 하 작, 잘 알지~"라고 말한다. 그리고 나를 처음 알게 된 사람은 "방송작가는 처음이에요!", "작가님 만나는 건 처음이에요"라며 신기해한다. 하긴 살면서 방송작가가 주변에 바글바글하진 않을 테니 신기해하는 반응도 이해가 간다. 내 일을 소개하며 PD, 카메라 감독, 아이템, 촬영, 더빙… 이런 단어가 나오면 "우와…" 하며 감탄을 뱉는 사람도 있다.

글 쓰는 일을 좋아하고, 방송을 만드는 제작자라는 것이 일반 사람들에게 특별하게 느껴질 수 있다. 뛰어난 운동선수들이 오랜 시간 갈고닦아 좋은 실력을 발휘할 때 느껴지는 경이로움과는 또 다른 것이겠지만 운동선수들이 그 운동이 좋아서 무작정 덤벼들어 배우고 실력을 쌓아 갔듯이, 작가도 마찬가지다. 글을 쓰는 것도, 방송하는 것도, 아무런 이유나 대가가 없다 해도 글을 쓰는 것을 좋아하는 사람이 일을 잘하고, 계속한다. 글을 쓰는 일과 방송이라는 매체 자체를 무작정 좋아해야 한다.

그리고 앞서 말했듯이 나는 평소 다양한 경험을 해 보는 것이 삶의 중요한 부분이라고 생각하기 때문에 주변 많은 것에 관심을 가진다. 가끔은 오지랖이 넓다는 말을 들을 정도로 모든 것이 내 관심사다. 관심을 가지고 들여다보면 정말 많은 것이 보인다. 그렇게 다양한 관심으로 나만의 무기를 늘려 간다.

경험은 작가에게 있어 엄청난 무기다. 항상 새롭고 독창적인 아이디어를 낸다면 좋겠지만, 현실적으로 어려운 이야기다. 그렇기에 비슷한 아이템이라도 접근 방법을 달리하며 새로운 시선을 확장하는 것이 중요하다. 다양한 경험을 하다 보면, 점점 새로운 관점이 열리는 걸 느낄 수 있다. 그리고 그것을 자신만의 생각과 언어로 표현할 수 있어야 한다. 독자적인 색깔이 있어야 하는 것이다. 자기만의 이야기를 시청자, 혹은 주변인들의 취향과 수준에 맞게 일상적인 언어로 표현할 수 있기까지 하면, 그들은 나의 열렬한 팬이 되기도 한다.

"작가라서 말하는 것도 달라~"
"방송작가는 바라보는 시선이 일반 사람들하고 달라야 쓰나?"

그렇게 본의 아니게 작가는 반(半)공인이 되기도 한다. 좋은 생각, 좋은 내용, 좋은 말들을 쏟아 내야 한다는 강박증마저 느껴질 때도 있지만, "오, 우리 작가느님!" 한마디에 완전 공인으로 재탄생한다.

사실 작가가 대단한 사람은 절대 아니다. 다른 사람들과 똑같이 화가 나면 화내고, 사소한 일에 소심하게 굴기도 한다. 다만 세상을 바라보는 눈이 조금은 더 적극적이고 다른 이의 말에 귀 기울여 속내를 잘 파악할 줄 아는 사람들이다. 세상사를 폭넓게 이해하고 새로운 아이디어를 늘 고민하는 사람, 자신만의 '노하우'와 '의지'로 자신의 길에 우뚝 선, 혹은 설 사람들이다.

만인에게 사랑받는 여자일 순 없겠지만, 만인에게 사랑받고 때로는 존경받는 작가로 사는 내 삶이 나는 참 좋다. 방송은 내가 하고 싶다고 아무 때나 할 수 있는 건 아니지만 '작가'라는 이름으로 SNS에 글을 올릴 때도, 카톡이나 문자메시지를 보낼 때도 남다른 시선으로 봐 주는 이들이 많아서 한 줄의 글을 쓰더라도 심혈을 기울이게 된다.

또 나는 '작가'라는 타이틀 덕분에 벌써 7~8년째 새마을문고에서 주최하는 독후감 경진대회에서 심사위원을 맡고 있다. 며칠씩 독후감을 심사하면서 아이들의 솔직한 생각을 접할 때는 색다른 기분을 느끼곤 한다.

무엇보다 내 글에 공감과 응원, 격려 등을 표현해 줄 때, 내 글을 좋아하는 독자가 생겼다는 생각이 들어 더 열심히 글을 쓰고 싶어진다. 나의 글이 누군가에게 위로가 될 수 있다는 것 자체가 작가로서 가장 뿌듯하고, 또 작가로서 할 수 있는 가장 큰일이 아닐까.

"네, 방송작가입니다."
"우와~ 그럼 연예인 많이 알아요? 누구 알아요? 아이유도 알아요?"

사람들에게 방송국 다닌다 하면 꼭 나오는 질문이다. 연예인 누굴 봤는지, 누구랑 개인적으로 아는지, 언제 또 보는지 등등. 방송국에서 일한다 해서 모두가 연예인을 많이 보고, 아는 건 아니다. 특히 지역 방송국에는 행사 때나 오는 게 연예인이다. 그래서 행사를 맡다 보면 연예인을 보게 되지만, 소통은 그들의 매니저와 하기에 연예인과 아는 사이라 하기도 모호하다. 나는 그래도 당당하게 말하곤 한다. "아는 연예인 꽤 있지~"라고.

앞서 언급했던 <365 천국보다 아름다운 세상>은 코너마다 연예인이 고정으로 들어갔다. 집을 고쳐 주는 코너에는 가수 박상철 씨가 몇 년간 고정이었다. 프로그램 진행상 한두 달에 한 번씩 만나다가 점점 친해져서 박상철 씨 매니저가 내 결혼식에 예쁜 벽시계를 선물해 주기도 했다.

나에게 가장 많은 인맥을 남긴 프로그램은 <김영철의 퀴즈 만세(퀴즈로 만나는 세상의 줄임말이었다)>이다. 울산 서생 출신 개그맨 김영철 씨는 당시 영어를 독학으로 공부한 캐릭터 이미지로 인기가 많아졌다. 이에 고등학생들을 대상으로 한 퀴즈 프로그램 MC까지 맡게 되었다. 나는 그 퀴즈 프로그램의 작가였고, 울산의 고등학교를 대상으로 전화 섭외를 하고 출제 문제를 구성하고, MC의 대본을 작성하는 일을 했다.

"울산에서 하는 청소년들 대상의 퀴즈 프로그램이고요. 개그맨 김영철 씨 잘 아시죠? 김영철 씨가 MC예요. 상금은 최다 우승 시에 최대 3천만 원까지~ 대단하죠?"

이 멘트가 시작이었던 걸 보면 나름 개그맨 '김영철' 씨에 대해 자부심이 꽤 높았던 것 같다. 같이 프로그램을 하면서 생각보다 진지하고, 생각보다 멋진 모습들에 깜짝 놀라기도 했으니까. '생각보다'라는 말에 영철 오라버니가 기분 나빠하실 수도 있겠지만, 참 좋은 사람이었던 것만은 확실하다. 빨리 좋은 짝을 만나서 장가가는 모습을 봤으며 좋겠다는 생각도 들었다.

같이 진하해수욕장에 아구찜도 먹으러 다니고 꽤 많은 시간을 함께 보냈다. 울산에 오면 가장 신나는 일이 이 프로그램을 하는 것이라는 말에 우리도 모두 영철 오라버니의 성공을 진심으로 기원하게 됐다.

지금은 참 잘 풀려서 예전보다 성장하고, 유명 프로그램에 고정으로 나오는 모습들을 지켜보면 괜히 마음이 뿌듯하곤 한다.

　<김영철의 퀴즈만세> 섭외를 위해 고등학교 선생님들께 전화를 돌리다 학창시절 담임선생님과 통화하게 된 적도 있고, 아주 무서워했던 영어선생님과 통화하게 된 적도 있다.

　고등학교 시절 영어 수업에는 매일매일 발표를 해야 했고, 질문에 대한 답을 해야만 내가 속한 분단(지금은 이런 단어를 모를 수도 있겠다)이 점수를 받을 수 있었다. 수업이 끝날 즈음에 점수가 제일 높은 분단은 칭찬을 받고, 점수가 제일 낮은 분단엔 숙제가 떨어졌다. 별로 중요하지 않은 것을 맞추면 '어버이 점수'라는 이름의 실질적인 점수는 되지 않지만 칭찬을 조금 받는, 지금 생각하면 웃긴 점수 제도도 있었다. 어릴 때는 점수를 받지 못할까 조마조마하고, 점수 따는 일 하나하나가 목숨 걸 일처럼 느껴졌다.

　점수제도에 시달려서인지, 어쨌든 그때는 영어선생님 그림자만 봐도 벌벌 떨렸다. 그랬던 선생님이 전화할 때 목소리가 너무나 상냥해서 처음엔 그 영어선생님이라는 사실을 전혀 알아채지 못했다. 성함을 듣고서야 혹시 그 선생님이 아닌지 여여쭤 보게 되었고 나의 출신 학교를 말하며 제자였노라 말하게 됐다. 선생님은 매우 반가워하셨다. 그러면서도 나에게 꼬박꼬박 존대하셨다. "작가님"이라는 호칭을 붙이면서.

<김영철의 퀴즈만세>로 맺은 또 다른 인연은 첫 3주 우승자였다. 이 프로그램에 출연한 학생들은 그래도 학교에서 내로라하는 우등생들이었는데 당시 생긴 지 얼마 안 된 한 고등학교의 괴짜 우등생이 출연을 했다. 선생님들은 이 녀석이 공부는 잘하는데 살짝 괴짜다우니 여기나 나가 보라는 심정으로 보낸 것 같았다.

　　그렇게 우리 정성헌 군과 인연이 되었고, 성헌 군은 3주 연승이라는 기록으로 <김영철의 퀴즈만세> 역사에 길이 남을 학생이 됐다. 당시 3연승으로 천만 원 정도 받았던 것 같은데 나중에서야 툴툴거리며 세금이 22%나 된다며 받은 돈은 얼마 되지 않는다고 했다.

　　그 녀석은 '미라교' 추종자였다. 왜 그렇게 되었는지 모르겠지만.

　　"작가님, 대단해요."
　　"작가님, 멋있어요."
　　"전 평생 미라교, 작가님은 교주."

　　이러면서 주변 작가들의 부러움을 사기도 했다. 4연승에 실패해 안타까웠지만, 방송국 입장에서는 심장이 떨렸으리라. 이 녀석은 거의 17년이 다 되어 가는 지금도 연락이 종종 온다. 똑똑했던 만큼 서울 유명 대학에 들어가 공부도 꽤 오래 하더니,

이건 자기 길이 아니라며 박차고 뛰쳐나와 다시 한의대를 갔다. 지금은 서울에 있는 한 한방병원에서 원장님을 하고 있다. 몇 년 전 울산에 내려와 내 손목을 잡고 진맥을 봐 보고는 스트레스가 너무 많다며 약을 좀 드셔야겠다고 말하는데 난 왜 믿음이 안 가는지. 웃겼다.

꽤 잘 나가는 원장님인데도 내 눈엔 <김영철의 퀴즈만세>를 촬영할 때 '미라교'를 추종하던 철부지 고등학생으로만 보이나 보다. 이제 성헌 군이 서른 살도 넘었으니 좋은 짝을 만나 장가갔다고, 아이를 낳았다고, 혹은 자신의 병원이 생겼노라고 자랑하는 연락을 받고 싶다. 성헌 군도 김영철 씨랑 종종 연락하는 것 같다. 나름대로 자랑스러워하면서. 김영철 씨와는 싸이월드에서도 일촌이었고, 인스타그램에서도 서로 팔로워를 하고 있다. 페이스북에서도 김영철 씨 계정이 뜬 걸 보고 '저 미라 작가인데, 기억하실까요?'라고 댓글을 남겼더니 '당연히 알지~~~ 예쁜 미라 작가님'이라는 답이 와 신났던 적도 있다.

사실 개인적으로 친분이 있는 가수는 없다. 워낙 바쁜 사람들이라 대체로 매니저와 전화로 소통하고, 촬영 대기를 위해 대기실에 있을 때도 MR CD를 받으러 무관심한 척 잠깐 다녀오는 것뿐이었다. 오간 대화는 "다음 차례입니다. 준비하세요" 하는 정도였다. 공과 사는 구분해야 하니까. 일이 아니었으면 사인도 받고 사진이라도 찍었을지도 모른다.

그래도 나의 최고의 연예인 인맥은 개그맨 '김영철' 씨다. 난 김영철도 안다고!

일하면서 보람을 얻는 방법은 여러 가지다. 돈을 많이 벌거나, 그 일로 인해 유의미한 결과를 얻게 되거나, 누군가의 삶에 조금이라도 긍정적인 영향을 미치게 되면 그 보람은 더할 나위 없다. 나의 좌우명이 그러하다.

'도움이 되는 삶을 살자'

사람이 태어나서 살아가는 시간을 요즘은 100년 정도라고 한다. 얼핏 보면 100년이나 사네, 라고 할 수도 있지만, 이 100년 중에 어리고 약해서 누군가의 보호를 받으며 사는 시간이 최소 10년, 학교에 다니느라 보내는 시간이 16년, 어학연수를 다녀오든 대학원이라도 간다 치면 다시 3~4년. 그러다 보면 서른 살은 되어서야 진짜 사회에 첫발을 내딛게 된다.

하지만 사회생활도 만만치는 않아서 어리바리하면서 일을 배우고 익혀 가는 데 몇 년을 보내고 이제 일도 할 만하고 자리도 잡으면 벌써 50~60대가 되어 버린다.

최근 치매 환자가 느는 것도 마음이 참 아프다. 젊어서는 이런저런 고생 다 하고, 나이 들어서는 그 기억 속에 갇혀 사는 모습에. 나의 할아버지도 치매를 몇 년이나 앓다 돌아가셨는데, 전혀 다른 사람이 되셨다. 기억 너머 세상에서 누군가와 다른 삶을 살고 계신 듯한 모습이었다.

그래서 나는 어렸을 때부터 나의 시간이 너무 소중하다고 생각했다. 허무하게 보내는 1시간이 억울하도록 싫었다. 아르바이트를 쉬지 않고 했고, 수업시간을 쫙 당겨서 공강(비는 시간)이 없도록 시간표를 짰다. 일하는 것 자체가 중요했던 건 아니다. 그저 내 삶을 내 방식대로 유의미하게 살아가는 방법이었다. 주변 친구들은 공강이니 놀러 가고, 놀다 보니 수업 들어가기 싫고, 그러니 점점 자신의 삶이 흐트러졌다. 아르바이트라도 하는 게 어떠냐고 말하면 "너 돈 없어서 하는 거야?"였다. 돈 때문이면 돈 많이 주는 아르바이트를 구하지 이렇게 다양한 일에 도전하지 않을 거라는 말이 하고 싶었지만, 말을 아꼈다.

"뭐 하나라도 배우는 게 있지 않겠니?"

나는 늘 이런 마음으로 무엇이든 도전했다. 그리고 작가가 되어서도 작가니까 다른 일은 하지 않아도 된다는 마음보다는 중학교 때부터 대학생 때까지 쭉 해 오던 봉사활동이라도 이어서 해 보자 싶었다. 사실 봉사활동을 처음 시작했을 때는 건강한 내가 몸이 불편한 사람들을 도와준다고 생각했다. 그분들은 내 도움이 필요하다는 아주 거만한 생각.

그런데 봉사활동을 하면 할수록 느낀 바가 있다. 내가 몸은 조금 더 건강할지 몰라도 마음은 그분들보다 건강하지 못하다는 걸 깨닫게 됐다. 나보다 훨씬 더 건강한 생각으로, 건강한 삶을 살고 계신 분들이 많았다. 이런 걸 깨달으면서 점점 겸손한 마음으로, 배우는 마음으로 봉사활동을 다녔다.

방송작가 일을 하면서 또 다른 봉사를 할 수 있다는 것을 알게 되었다. 바로 '재능기부'다. 재능기부는 음악이나, 그림이나 예체능을 하는 사람들만 가능하다는 편협한 생각을 하고 있었는데 하루는 한 장애인 복지관에서 연락이 왔다.

"작가님, 혹시 우리 복지관에서 관보를 만들고 있는데, 교정 교열 좀 해 주실 수 있을까요?"

그 정도면 충분히 해 드릴 수 있다 싶어서 알겠다고 했다. 그때부터 10년 넘게 그 복지관의 관보 교정, 교열을 해 주고 있다. 그런 인연을 시작으로 한 실버 복지관에서는 관보의 기획부터 주제 잡기, 목차 정하기, 내용, 퇴고, 교정, 교열까지 싹 다 맡겨서 그것도 재능기부로 몇 년째 하고 있다. 사실 책을 만드는 일과 글을 쓰는 일은 다르다. 관보 정도는 충분히 할 수 있을 것 같았기에 시작했지만, 처음엔 마음이 힘들긴 했다. 어떻게 알았는지 몇 군데서 관보 교정이나 관보에 들어갈 글을 써 달라고 하거나 관보에 들어갈 캘리그라피를 부탁하거나, 관보 특집을 쓴다며 기획을 부탁했다. 관보 전문 작가가 된 느낌이었다.

그런 인연들이 맺어지니 복지관의 관장님들을 비롯한 사회복지사 선생님들에게 나는 구세주였다. 복지관에 갈 때면 나는 최고의 대우를 받았다. 무료 봉사라 그런가? 그렇다고 해도 내가 작가로서 할 수 있는 또 다른 역량을 알게 해 주신 것이니 내가 더 감사하다.

20대에는 '알바의 여왕'이었다면, 작가가 된 후에 '재능기부의 여왕'이 되었다. 누군가는 돈 받고 해야 할 일을 그렇게 재능기부로 해 주니 돈을 못 버는 거라고 했지만, 돈을 받을 일이면 돈을 받는 것이고 내 마음이 그렇지 않으면 그냥 기부하는 것만으로도 충분히 만족스러운 것을 어쩌란 말인가.

첫 다큐멘터리 <그린나래, 하늘을 날다>를 찍을 때도 이런 마음이 컸던 것 같다. 어렵고 고비가 많겠지만 그분들이 이 다큐 촬영을 계기로 조금이라도 희망을 볼 수 있다면, 그리고 그 안에서 우리도 같이 희망을 느낄 수 있다면 더 이상 바랄 것이 없지 않을까? 하는 마음. 실제로 그린나래 멤버들은 고생한 만큼 방송 후에도 보람을 먹고 산다.

나의 화려한 재능기부는 나의 이력보다 차고 넘친다. 내가 직접 낸 책보다 재능기부로 도와 책이 된 경우가 훨씬 많다. 나의 캘리그라피 작품들은 100회가 훌쩍 넘게 재능기부로 쓰였다. 그때마다 들었던 말. 가슴 찡해지는 말.

"작가님 덕분입니다. 감사합니다."

사실 저는 여러분 덕분입니다. 많은 것을 할 수 있는 사람이라는 사실을 알게 해 주셔서 제가 더 감사합니다.

여자와 작가

"작가님, 담배 하시죠?"

이렇게 담배를 건네는 사람들은 예전부터 많았다. 작가라고 하니 골방에 너저분하게 쌓인 책을 비집고 한쪽 다리는 의자에 대충 걸친 채 담배는 입에 물고, 언제 씻은 건지도 모르는 모습으로 글을 쓰는 모습을 상상하나 보다. 왜 TV에서는 작가를 그렇게 표현할까?

물론 지금처럼 책을 쓴다고 집중할 때는 세수도 하지 않은 채, 몇 시간이고 앉아 글을 쓰기도 한다. 구성안은 쓰다 말다 하면 상상하는 이미지가 끊길 수 있어 한 번에 몰아 쓰다 보면 몇 시간을 망부석처럼 있기도 하다. 하지만 그렇다고 해서 글쟁이가 전부 집 안에서든 밖에서든 담배에 의존하면서 글을 쓰는 것은 아니다. 적어도 나는 그렇지 않다.

"술은 완전 잘하시겠는데?"

"아니요. 한 잔도 못 합니다."

아버지는 반주를 기본으로 여기실 정도로 애주가셨지만, 나는 알코올이 조금 함유된 음식을 먹기만 해도 바로 알레르기가 올라온다. 그러니 술을 마시면 오죽하겠는가.

"에이, 거짓말, 무슨 작가가 술도 못 먹어요? TV 보니까 완전 말술이더만."

다시 말하지만 나는 TV 속에 등장하는 고뇌하는 드라마작가(보통 드라마작가, 소설가, 시인이 '작가' 역할로 등장하는 것 같다)도 아니고 술을 잘 마시고 못 마시고는 작가이기 이전에 한 사람으로서 개인의 체질 아니던가. 그런데도 여전히 작가는 술쟁이, 담배쟁이로 각인된 세상에서 십수 년간 별의별 짓을 다 해본 것 같다. 한잔에 취하는 모습을 보여 주면 믿을까? 하는 호기에 마시지도 못하는 술을 한두 잔 들이켜 버리면, 내 몸에서는 바로 신호가 온다. 눈부터 시작해서 온몸이 빨개지고 부어오른다. 그리고 한기가 들어 춥고, 두 눈동자는 마치 피가 흘러내릴 것처럼 충혈이 되고 만다.

"제가 술을 마시면 이렇게 돼요."

벌벌 떨면서 이야기하면 적어도 그분은 다시 나에게 술을 권하지 않았다. 또 다른 그분들이 지속해서 나타나는 게 문제일 뿐. 사회생활을 하면서 술을 잘 못 하는 건 조금 아쉬운 일이기는 하나 나는 지금의 내가 만족스럽다. 술을 잘 마셨으면 아마 인생이 좀 바뀌지 않았을까? 사람들이 나를 더 많은 곳에서 찾긴 하겠지만 글을 읽거나, 이렇게 책을 쓰는 대신 놀았을 것이다.

"작가님이 아나운서 같네."
"리포터 아가씬 줄 알았네~"

자랑이 아니라 종종 사람들은 이렇게 짓궂게 말한다. 작가가 생각과는 다르다는 표현을 에둘러 말한 거다. 어릴 때는 멋모르고 기분 좋은 칭찬으로 들었다가, 나이가 들면서 그 말 속에 나쁜 의도가 들어 있다는 것을 알게 되었다. 작가는 예쁘고 잘 꾸미고 다니면 안 되는 건가? 예쁜 작가들이 얼마나 많은데….

한동안 이슈였던 '미투운동'을 사실 나는 이미 예전에 경험했다. 당시는 성에 관한 인식이 지금처럼 깨어 있지 않아서 피해자와 가해자 구분이 명확하지 않은 경우가 많았다. 이런 구조에서는 오히려 가해자는 당당하고 피해자가 상처를 받아 숨게 됐다. 비단 방송국에서만의 문제는 아니지만, 유난히 방송국에서는 이런 일이 비일비재했다. 권력 있는 윗사람이 힘없는 아랫사람, 그것도 여자직원에게 성희롱과 성추행 등 모멸감을 느끼게 하는 행위가. 게다가 힘없는 프리랜서라면 말은 다 한 거다.

첫 시작은 몇 마디 말이다.

"오늘 옷이 아주 야하네", "생각보다 몸매가 예쁘구나?", "남자친구 있지? 얼마나 됐어? 뽀뽀도 했어?"…. 째려보고 욕이라도 해 버리고 싶은 기막힌 말들을 이 여자직원은 괜찮아서 넘어가는 게 아니라 싫지만, 윗사람이라 꾹 참아 낸다. 그다음엔 더 과감해져서는 여직원의 어깨를 주무르거나, 손을 잡는 등의 터치를 시도한다. 약간의 거부를 해 보지만 "이렇게 앙탈 부리는 게 더 좋단 말이야"라는 말도 안 되는 소리를 하면서 여직원 괴롭히기는 계속된다. 가끔은 문자메시지 등으로 은밀하게 만나자고 하거나 '오늘 너무 섹시하다', '네가 생각나서 잠이 오지 않는다' 등의 징그러운 말들을 뱉어 내는 때도 있다.

이런 일들로 인해 일을 포기해야 하는 경우도 생긴다.

내 자존감을 지키기 위해.

모두 내가 겪은 일들이다. 그래서 감히 말할 수 있다.

이건 여자가 사회생활을 할 때 겪는 많은 일 중 하나다. 작가라서가 아니라 어디서든 여자들은 겪는다. 그리고 강한 대처를 하라고 법은 말하지만 사회생활을 접을 게 아니라면 '강한

대처'를 하는 것이 힘든 경우가 많다. 작가는 철저하게 갑을 병
정이니까.

이하 갑, 을이라 한다

'갑(甲)을(乙)병(丙)정(丁)'

우리 사회는 옛날부터 갑을이 존재했다. 그것은 연인사이라고 하더라도 마찬가지다. 한 설문조사에 따르면 미혼남녀 10명 중 8명이 연인 사이에 갑을관계가 존재한다고 답했다고 한다. 연인사이에 갑을이 있을 게 뭐가 있어? 라고 생각할 수도 있지만, 외모 차이, 성격 차이, 무엇보다 서로에 대한 호감도 차이가 가장 큰 원인이 되어 갑을관계로 나타난다는 것이다.

흔히 연애할 때 더 많이 좋아하고 사랑하는 쪽이 약자가 될 수밖에 없다는 말을 한다. 더 많이 좋아할수록 약자가 되고 을의 위치에 있게 된다는 게 슬픈 일이지만, 어쩔 수 없다.

또 다른 통계를 보면 남성의 경우는 '내가 좋아하는 사람'을 만나고 싶어 하고, 여성의 경우는 '나를 좋아해 주는 사람'을 만나고 싶어 한다고 한다. 사랑을 주는 것과 사랑을 받는 것, 스스로 자존감을 높이고 나를 이해받기 바라는 마음에서다.

이런 갑을관계는 친구 사이에도 있다. 잘 생각해 보면 그러하다. 생뚱맞게 연애니 친구니 갑을관계니 하겠지만 회사와 회사직원이 그렇듯, 방송작가들은 방송사로부터 항상 '을'의 입장이다.

"어느 방송국 작가예요?"
"뭐 여기저기 다 있어요."

이렇게 대답하면 대부분이 이게 뭐지? 라는 눈빛으로 바라본다.

"방송작가는 프리랜서예요. 소속이 아니라."

그렇다. 방송작가는 TV 구성작가든, 라디오작가든 모두 프리랜서다. 방송국의 직원이 아니다. 비록 지역의 한 방송사에서 나를 작가로 뽑았지만, 그 방송국 소속이 아니라 그 방송국의 일을 시작할 수 있는 끈이 되었을 뿐이다. 비정규직 내지는 일용직. 하지만 방송국 작가실에 내 자리는 주어지니 아이러니한 현실이다.

20대 때는 프리랜서라는 직업이 나에게 엄청난 불안으로 다가왔다. 이 방송 끝나고 그다음엔 어떻게 하지? 그다음엔? 또 그다음엔? 사실 미리 걱정하거나 생각하지 않아도 될 걱정을 달고 살면서 스스로 모래 위에 성을 지었다. 그러니 하루하루 일을 하고 있어도 불안했다. 무엇보다 PD들과의 친분이 중요하다고 생각했다. 친해야 또 다른 일을 주지 않을까 하고. 하지만 어차피 나는 막내작가로 들어와서 일을 배우는 중이었고, 당장 다음을 생각하고 있을 정도의 여유는 없었다. 그저 불안해하며 일을 열심히 하는 수밖에. 그리고 어딘가에서 나를 찾아 주기를 기다렸다.

열심히 일했는데도 아무 PD도 나에게 같이 일해 보자고 제안하지 않으면 어쩌지, 하는 고민은 안 해도 된다. 살짝 언급한 바 있지만, 방송작가는 해야 하는 일이 무척 많다. 방송 전반에 걸쳐서 방송작가의 품이 안 들어가는 단계가 없다. 아이템 선정부터 섭외, 촬영 구성안 쓰기, 촬영 나가기, 편집본 프리뷰, 나레이션 대본 쓰기, 자막 뽑기 등 할 일이 태산인데, 이 일들을 친한 작가랑 하는 게 중요할까? 일을 잘하는 작가와 함께하고 싶지 않을까? 방송국은 프로의 세계다. 처음엔 몰라도 시간이 지나면 인맥보다는 실력이다.

지금의 연륜이 되고 보니 이제 내 나이의 작가들은 대부분 결혼하고 아이를 낳아 작가 생활을 그만둔 경우가 많다. 아니면 작가에서 한 단계 넘어 사업을 하는 친구도 있다. 그건 적어도 고용 불안에 대한 힘듦 때문은 아닐 것이다. 나이가 들면서 아이들이 커 가고 집에서 해야 할 일이 많으니 정시 출퇴근 하는 일이 아니면 버거웠을 것이다.

프리랜서기 때문에 여러 다양한 일을 할 수 있고 부가적인 수입 창출이 가능하긴 하다. 기업의 홍보영상을 제작하는 데 참여한다든지, 타 방송사에서 일할 수도 있다. 하지만 어쨌든 작가는 PD들의 선택을 받아 프로그램에 합류하거나 다큐멘터리 등에 참여하고 그에 상응하는 작가료를 받게 된다. 하지만 작가는 프리랜서고, 원천징수세를 뗀다.

올해부터 법이 바뀌어서 작가와 같은 특수고용직도 고용보험 대상자라고 하나, 프로그램을 하는 동안 고용이 되었다가 그 프로그램이 끝나면 다시 자연인이 된다.

제일 슬픈 건 '퇴직금'이 없다는 사실이다. 오랜 기간 일했던 방송국에서 짐 싸서 나오던 날, 얼마나 많이 울었는지 모른다. 방송이 싫어서도 아니고 결혼 후 임신을 하고 조금 쉬어야겠다는 생각에 자발적으로 한 하차였는데 끝이 너무 허무했다. 회사에 다니다가 정년이 되어 퇴직하면 적어도 꽃다발에, 퇴직금은 안고 나오지 않는가? 그런데 나의 몇 년간의 작가생활 끝은 "수고했다" 한마디였다. 사실 너무 서운하고 화도 나서 방송작가의 퇴직금 정산에 대해 혹시 이의를 제기한 작가는 없었는지 찾아봤더니, 역시나 있었다. 하지만 결과는 '패소'. 작가의 고용 안정은 언제쯤 제대로 이루어질까?

작가의 직업병

어느 일이든 직업병이 없는 직업이 있겠는가. 방송작가 역시 엄청난 직업병들이 있다. 바로 365일 내내, 하루 24시간 내내 머릿속에서 아이템 고민과의 전쟁을 치르는 것. 조금이라도 다른 것을 찾아야 하고, 조금이라도 사연이 있고 특출한 사람, 아니면 새롭거나 혹은 조금 신기한 특징을 가진 사람, 사물을 찾아야 한다. 음식도 신메뉴, 최근 트렌드 메뉴, 혹은 특이한 메뉴 등등 방송거리가 될 만한 것들을 찾아다닌다. 종종 잠을 잘 때도 꿈속에서 생각하기도 한다. 잠시도 뇌가 쉬지 않는 기분이다.

그래서 한 번씩 '오늘은 놀자!' 하면서 어딘가로 떠난다. 마음을 비우고 그렇게 훌쩍 떠나는 날엔 타 지역의 새로운 아이템들이 눈에 들어오기 시작한다.

'여기는 이런 것도 있네? 그럼 울산에도 있을까?'
'이 아이템이랑 저 아이템이랑 엮으면 대박이겠다'

'저런 사람은 이런 콘셉트로 방송하면 재미있겠는데? 섭외해 볼까?'

이게 방송 글쟁이의 일상이다.

이런 공과 사의 불분명한 경계는 친구들이나 가족들을 만날 때도 발현된다.

"야, 우리 회사에 이런 부장님 계시는데 진짜 대박이지? 회사 마치면 바로 뭐라더라? 주짓수? 그런 거 배우러 간대. 나이가 50이 다 되셨는데도."

"그 부장님 성함이 뭐야? 연락처는? 왜 주짓수를 배우신대? 언제부터? 집은 어디야? 가족은? 촬영 가능하실까?"

"진짜 말을 못 한다. 만날 방송 생각밖에 안 하냐?"

아무래도 그런 것 같다.

"이번에 ○○동에 요거트집이 생겼는데 거기 사람들 줄 서 있더라."

"거기가 어디라고? 가게 이름은? 사람들이 왜 맛있대? 먹어 봤어? 모양이 달라? 특이점은? 사장님은 젊어? 인터뷰하러 가 봐야겠다. 너도 손님 입장으로 인터뷰 좀 하자."

세상 모든 것을 아이템화 시키는 것은 아마 방송작가들의

주특기일지도 모른다. 살기 위한 몸부림 정도. 그렇게 해서라
도 한 주 분량의 새로운 아이템을 구할 수만 있다면 난 친구의
친구라도 찾아가겠다.

사람들에게 아이템 할 만한 거 있으면 알려주세요, 라고 해
도 사람들은 무엇이 '되는' 아이템인지를 잘 모른다. 본인으로
서는 기발하고 이런 아이템이 세상 어디에 있겠나 싶지만, 알
고 보면 이미 방송을 했던 것이 대부분이다. 그들이 말하는 아
이템을 곧이곧대로 받아들이기보단 그들과의 대화에서 자연
스럽게 새로운 아이템을 찾아가는 것이 좋은 방법이다.

몸으로 오는 아주 치명적인 직업병도 있다. 오래 앉아 있으
면서 생기는 허리 디스크나 목 디스크는 자세를 제대로 하지
않는 나의 개인적인 병이라는 생각도 든다. 하지만 작가 대부
분이 손목은 아파하는 것 같다. 마치 아기 낳고 몸조리하는 산
모처럼 손목에 다들 보호대 하나씩은 끼고 일을 하는 듯하다.

곰곰이 생각해 보면 직업병이 있다는 것은 실로 대단한 일
이다. 그 일을 오래 하면서 생겨난 나이테 같은 것이기 때문이
다. 전혀 몰랐다면 생길 수도 없는 직업병이 그 일을 알기 때문
에, 했기 때문에, 그것도 오래 했기 때문에 생겨난 것이니까.

지금도 누군가를 보면 아이템부터 생각하는 나는 작가다.

있 었 는 데 요 없 었 습 니 다

방송작가는 문학작가와는 다르다고 한다. 소설가나 시인이 아니니 문학적 재능을 굳이 따질 필요 없고, 방송을 예술로 보지 않으니 창작을 해낼 필요도 없다고 생각하는 것이다. 그래서 제작에 심혈을 기울이는 작가를 보면 "적당한 선에서 끝내라"는 말로 독려한다. 그것이 독려인지는 모르겠으나 그렇게들 말해 왔다. 하지만 제작에 참여하는 사람들은 방송이라는 매체를 통해 자기가 알고 있는 것, 느낀 것을 시청자들도 느껴 보길 바라면서 온 힘을 다해 프로그램을 제작하고 있다. 작가도 마찬가지다.

19년 가까이 방송을 해 오면서 수많은 작품에 참여했다. 정확하게는 만들었다고 하고 싶지만 내 이름으로 남은 것은 아무것도 없으니 참여했다는 정도로만 말하는 것이 어울리는 것 같다. TV 프로그램도 할 때는 죽도록 고생하지만 결국 프로그램의 공은 PD에게 돌아가고 상도 거의 담당 PD가 받는다. 작가에게는 수고했다는 한마디가 끝이다. 지금껏 상을 받은 프로그램도 꽤 많았으나 내가 상을 받으러 같이 나가 본 적도, 그 트로피도 나에겐 없다. 어떤 경우에는 아예 상을 받은 사실조차 나는 모르기도 했다.

뭐 상이 중요한 건 아니지만, 적어도 만드는 데 내가 참여했다고 이름 석 자 남기는 것이 어찌나 어려운지 10초도 안 되고 끝나 버리는 스태프 스크롤이 그나마 나의 허기를 달랜다. 근데 나 말고 다른 누가 스태프 스크롤을 쳐다보고 있으랴.

TV 프로그램만의 문제가 아니다. 라디오 프로그램은 대본을 읽는 MC의 것이 된다. 방송뿐만이 아니라 일반 글을 써도 주인은 다른 사람이 되기 마련이다. 구청에서 일할 당시 열심히 쓴 기고문은 담당 부서로 넘어가 적당한 사람의 이름으로 기고되곤 했다. 내 것을 내 것이라고 하지 못하는 것만큼 서러운 것도 없는데, 홍길동이 서자로서 어떤 삶을 살았던 건지 100번 이해가 간다.

내 글을 적고 싶다는 생각에 2016년 소설에 감히 뛰어들었다. 지금까지 써 온 글과는 호흡도, 방향도 완전히 다른 글쓰기였다. 1년여 가까이 걸려 자료조사 및 인터뷰를 하고 스토리텔링을 시작해 소설이 나오기까지 엄청난 고통이 따랐다. 아직 내가 부족하구나 하는 것도 느꼈지만, 이미 시작한 것은 끝을 내야 했다. 그렇게 나온 중편소설『환상의 섬』은 내 이름 '하미라'가 찍혀 있으나 너무 부족한 작품이라 감히 자랑스럽게 말하진 못하겠다. 무엇보다 구청에서 사업비를 받아 지역 경제

활성화 방안으로 스토리텔링 했던 거라 결국 저작권은 나에게 없다.

나 혼자만 아는 나만의 작품, 종종 그런 것에 씁쓸함을 느끼게 된다. 누구나 죽으면 이름은 남기고 싶다는 마음으로 열심히 사는 것 아닐까. 나 역시 그렇다. 이왕이면 잘 살고, 멋지게 살아내고 싶다. 그래서 멋진 여자였다 기억되고 싶다.

그래도 그나마 기분 좋은 건 국내 유일의 장생포고래문화특구에 가면 약 50m의 소방도로 벽에 나의 소설 일부가 타일 벽화로 만들어져 있다는 것이다. '스토리텔링작가 하미라'라는 나의 사인(sign)과 함께. 이름을 아주 진하게, 제대로 남기긴 남겼다.

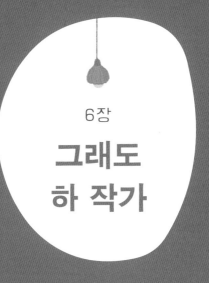

6장

**그래도
하 작가**

태생이 작가라면

이번 책을 쓰면서 나의 글쟁이 인생을 돌아보았다. 글을 쓰며 살아왔다고 생각은 했지만, 이렇게 쭉 어릴 때부터의 나를 톺아보니 내 입으로 말하긴 부끄럽지만, 천상 글쟁이가 맞구나 싶다. 나이에 비해 많은 경험과 그에 따른 숱한 시련들을 겪어오면서 처음엔 나에게 왜 이런 일들이 벌어지는 걸까 생각했었다. 이놈의 사주팔자 때문인가 싶기도 했다.

그런데 시간이 지나면서 그 시련들은 나를 조금씩 단련시켰고 나에게 글 쓰는 힘을 만들어 주었다. 아무 문제 없이, 별 탈 없이 살아왔다면 과연 이렇게까지 글을 쓰고 싶었을까?

한 번의 시련이 생길 때마다 나는 많이 아파했다. 그래서 눈물이 많은 아이로 자랐다. 어른이 되어서도 눈물이 너무 많아서 아주 여려 빠진 사람으로 낙인되곤 했다. 하지만 이 눈물은 약해서 흘리는 눈물도, 무서워서 흘리는 눈물도 아니었다. 그저 아픈 세월에 대한 애도의 눈물 정도였다.

비슷한 상황의 누군가를 보면 너무 마음이 아팠다. 나처럼 힘들겠지, 나처럼 아프겠지, 하는 마음으로 오지랖을 부렸다. 그리고는 사람에 배신당하고 또 다른 아픔에 힘들어했다. 그렇게 커 가는 거라고 생각하며 또다시 글을 썼다.

처음에는 아름다운 이야기만이 글이라고 생각했다. 나의 상처, 나의 아픔을 글로 쓰는 건 부끄러운 일이라고 생각했다. 2015년 봄 정도 됐나 보다. 민찬이, 영준이가 그림대회에 나가느라 따라갔다가 어린이 사생대회와 함께 여성백일장이 열리는 것을 보았다.

"너도 한번 써 봐."

같이 따라갔던 친정엄마가 여성백일장에 나가 볼 것을 권했다. 그때 당시 마음 아픈 일이 있던 터라 어떤 글도 쓸 수 없다고 생각했고, 무엇보다 그래도 나름 방송작가인데 백일장에 나가는 게 맞을까 하는 생각이 컸다. 어쩌면 자만이었는지도 모르겠다.

"네가 작가니? 책을 썼니, 뭘 썼니? 아무도 네가 뭘 하는지도 몰라."

사실 엄청 충격적인 말이었지만, 맞는 말이었다. 당시에는 내가 책을 쓴 것도 아니고 방송 10년 했다고 해도 내가 무슨 작가인가. 내 글이랄 것 하나 번듯하게 없고, 늘 방송 스태프 중 한 명일 뿐인 내가 무슨 작가인가. 자존감은 바닥을 쳤다.

"애들 그림 그리려면 시간이 필요하니 그사이에 글 하나 써 봐라."

엄마의 말이 자극되어 원고지를 받아 왔다. 시제는 '봄'. 어쩌면 뻔한 시제에 나는 어떤 글을 써야 할까. 그래, 지금 아픈 내 이야기를 쓰자. 어차피 지금 아름다운 이야기 따위는 나오지 못할 상황이니 그냥 속풀이나 하자. 그래서 나는 '내 삶의 봄'을 기다리는 내용의 글을 썼다. 당시 나는 갑상선암 수술을 한 지도 얼마 되지 않았고, 또 재판으로 많이 지쳐 있었다. 본의 아니게 어떤 사건의 증인이자 피해자가 되어 1년이 넘게 재판을 했다. 얼마나 아프고 힘들고 지쳤는지 모른다. 뭐든지 끝까지 가 보면 피해자도, 가해자도 없다. 결국은 모두 피해자가 된다. 사람들이 무서웠고, 사람들의 말과 시선이 무서웠던 시기였다. 재판 과정을 나름 소상하게 적었다. 누군가에게 나 너무 힘들었다고 이야기라도 하듯이. 엄마한테도 말하지 못했던 이야기들을 한 줄 한 줄 써 내려갔다.

나에게 묻는 것들이 하나같이 나를 후벼 파는 듯했다. 당장 달려가서 소리라도 지르고 싶었지만, 수술한 지 얼마 안 된 내 목에선 어떤 소리도 제대로 나오지 않았다. 그저 눈물만 흘렸다. 법정의 사람들은 이런 나를 보고 무슨 생각을 했을까⋯. 재판은 그 사람의 법정 구속으로 끝이 났다. 하지만 끝까지 미안하다는 말, 그 한마디를 듣지 못했다. 그 한마디 듣고자 시작했던 기나긴 재판이 그렇게 끝났다.

법원에서 나오는 길에 정말 오랜만에 바람이 느껴졌다. 볼을 스치는 바람이 따스했다. 봄이구나. 이제 봄이 왔구나. 계절은 돌고 돌아 다시 봄인데 이제 내 인생에도 봄이 오려나.
내 걸음걸음에 봄바람이 차였다. 괜시리 기분이 좋아졌다. 그래, 봄이 온 거다. 내 인생에도.

그땐 1시간도 안 되는 시간에 원고지에 갈겨쓰다시피 적어내고 다신 본 적 없는 글이라 정확히 기억은 안 나지만 이런 느낌이었다. 처음이었다. 아름답고 행복한 이야기가 아닌 아프고 힘들었던 진짜 내 이야기를 글로 써 본 것이. 그리고 며칠 뒤 전화를 한 통을 받았다.

"하미라 씨 되시죠? 이번 참가하신 여성백일장에서 장원으로 선정되셨습니다."

뒷말은 들리지도 않았다. 놀라웠고, 신기했고, 기분 좋았다. 세상에 장원이라니.

"엄마, 나 여성백일장 장원이래!"

"이제 진짜 작가 됐네. 축하해."

　진짜 작가. 2015년 처음으로 내 이야기로, 내 이름을 건 작품이 전시되었다. 가슴께 이름표를 붙이고 꽃다발과 상패를 받았다. 신문에도 났다.

'여성백일장 하미라 장원'

　커다랗게 지역 신문에 실리고 엄마 말처럼 진짜 작가가 되었다. 그리고 자신감이 생겨서 바로 다음 해, 소설 『환상의 섬』과 스토리텔링 가이드북 『걷다가, 쉬다가』를 썼다.

　천상 글쟁이는 글을 쓰고 살아야 사는 것 같다. 글쟁이가 글을 쓰지 못하는 순간, 팔다리 묶어 놓은 것 같다 느껴진다. 내 글을 읽어 주는 누군가가 있다는 사실은 글쟁이를 행복하게 만들고, 글을 쓰는 힘을 준다. 글쟁이에게 글은 밥이고, 물이다.

이런 노력도 필요하지

방송하면 매번 다른 아이템에 관한 공부를 하게 된다. 많은 자료수집을 거쳐서 새로운 정보들을 얻는다. 그 정보들을 바탕으로 구성안도 쓰고 대본도 써야 하니, 관련 서적도 읽고 나름의 준비를 하는 것이다.

방송을 잠시 멈췄던 시기에 나는 아무것도 하기 싫었다. 방송도 하지 않는데 좀 쉬자는 마음이었다. 그런데 얼마 안 가 내 머릿속이, 가슴 속이 텅텅 비어 가는 느낌이 들었다. 마치 구멍이 뚫린 것처럼.

글쟁이는 책을 손에서 놓으면 안 된다. 책을 놓는 순간, 모든 것이 흐트러진다. 직접 경험하고 나니 느낀다. 그림을 아무리 잘 그리던 사람도 붓을 놓고 그림을 그리지 않는 날이 많아지다 보면 다시 그림을 그리기까지 시간이 걸리듯 작가도 마찬가지다. 글을 주기적으로 쓰는 곳이 없다고 해서 손에서 책을, 그리고 펜을 놓으면 안 되는 것이다.

또 중요한 것이 있다. 글쟁이는 누구보다 센스 있는 '말쟁이'여야 한다. 글이란 말을 지면에 쓴 것이다. 다른 말로 자신이 하고 싶은 말을 글이라는 매개체를 통해 쏟아 내는 것인데, 말을 잘할 줄 알아야 글도 잘 쓸 수 있다. 자기 생각을 표현하는 능력, 말로 뱉기 전에 한 번 더 생각하고 뱉어 낼 수 있는 능력, 말쟁이의 능력이 필요하다. 글은 자신의 말을 글로 정리하여 표현해 낼 수 있을 만큼 숙달되고 단련된 이들에게서 나오는 소산물이기 때문이다.

예수와 석가모니, 소크라테스 등도 진리와 사상을 글이 아닌 말로 남겼다. 그들의 말을 들은 제자들은 그 말을 글로 옮겼고, 이것이 성경과 불경 등의 경전이 된 것이다. 사람에게 선(善)을 알게 하는 것으로 유익을 주는 말들은 그것이 말로 전해지든, 글로 전해지든 쉽게 사라지지 않는다는 것은 분명하다.

사소한 것이라도 삶의 진리를 찾고자 하는 사람은 '말쟁이'도, '글쟁이'도 되어야 한다. 사실 말이 중요한 이유는, 글은 썼다가 다시 읽고 이상하면 지워 그 흔적을 없앨 수 있지만 말은 막 뱉어 버리면 주워담지 못하기 때문이다. 그래서 말하기는 무엇보다 신중해야 한다. 그래서 나는 토론을 즐긴다. 농담 삼아 시작한 토론에 끝장을 보자 하는 경우도 있지만, 말을 하는 것 자체가 머리를 돌아가게 하고 생각이 숨 쉬게 한다.

가끔 내가 듣는 말 중에 제일 머쓱한 말은 "에이 무슨 글쟁이가 이래?"라는 말이다. 작가라고 어떤 말을 할까 엄청나게 기대하고 있다가 기대 이하의 평이한 말에 실망했다는 반응인 거다. 말도, 글도 나는 쉬워야 한다고 생각한다. 가장 좋은 글이란 누가 읽더라도 이해되고 공감 가는 글이다. 그렇기에 어려운 단어와 화려한 미사여구는 사절이다.

그런데도 사람들의 기대치를 알기에, 어디선가 말을 할 일이 있으면 내 방 가득한 책들을 뒤진다. 그 상황에 제일 어울릴 법한 좋은 문구를 찾기 위해, 사람들의 기대치에 어느 정도는 응해 주기 위해. 특히 건배사를 할 때 이런 짓을 종종 했다.

글쟁이도 꾸준한 노력이 필요하다. 방안 켜켜이 쌓아 둔 책을 조금씩이라도 읽고, 필사도 한다. 그러다가 마음에 드는 문장이 나오면 어딘가에 적어 둔다. 그 문장은 언젠가 조금의 변형을 거쳐 나의 글 어디엔가 내려앉는다. 수많은 글쟁이의 좋은 글들을 보고 배우고 나의 것으로 만드는 작업을 반복해야 한다.

생각해 보면 작년에도, 재작년에도 내 책을 쓰겠노라 다짐했다. '나는 누구일까? 나는 지금까지 무엇을 했을까?' 이런 질문들을 끊임없이 나 자신에게 쏟아 냈다. 정확하게는 5년 전쯤부터 내 책을 써야겠다고 생각했다. 버킷리스트에도 1번으로 적어 두었다. 물론 중간에 책을 내기는 했지만 내가 원했던 나의 이야기는 아니었다. 이후 다시 시작하지도 못하고 빈 종이만 바라보다가 다시 남의 책으로 도망치곤 했다. 도대체 무엇을 써야 할지, 어떻게 써 내려가야 할지 막막했다. 그래서 매도 타이밍을 놓치고 한없이 떨어지는 주식을 바라보는 심정으로 이러지도 저러지도 못하고 있었다. 한편으론 주식도 바닥까지 가면 결국 갈 데까지 가 보자는 마음이 드는 것처럼 언젠가 한 줄이라도 쓸 수 있는 날이 오겠지, 언젠가 있을 한 방에 본전 이상을 기대하면서 기다려 보자는 마음으로 빈 종이를 대신해 도망갈 책을 찾아다녔다.

글을 쓰기 위해서는 글을 읽을 수밖에 없다. 그리고 읽은 글을 나의 것으로 만들어야 한다. 책을 읽으면서 대화하려는 노력도 멈추지 않는다. 글을 쓴다는 것은, 또 책을 쓴다는 것은 나 자신에게 질문하는 과정이 아닐까? 책을 읽으면서 질문을 해야 처음에는 생각하지 않았던, 혹은 전혀 몰랐던 고민들이 보이게 된다.

글을 쓰기 시작하면서 나는 몰입한다. 예전 같으면 공허함을 채울 요량으로 사람을 만나거나 다른 의미 있는 일들로 시간을 채우려고 했을 것이다. 어리석은 글쟁이의 노력이랍시고, 수많은 친구와 시간을 보내다가 결국 서로의 생활패턴과 사는 지역 등이 달라지며 멀어지는 관계에 과연 이것이 의미 있는 일인가 반문하게 됐다. 어쨌든 나는 이제 진짜 글을 쓴다. 다른 어떤 도피처를 찾지 않고 글을 쓴다.

작가님이 아니라도

나는 글쟁이다. 그래서 방송작가도 하고, 글 쓰는 공무원도 하고, 스토리텔링 강의도 하고 또 다른 많은 글 쓰는 일을 하고 있다. 그런데 종종 사람들이 묻는다.

"요새 방송 안 해요?"
"요즘 글 안 쓰고 뭐 해요?"
"이제는 글 안 써요?"

내가 눈에 보이고, 방송한다고 돌아다니고, 강의하고 책을 쓴다고 알려야 내가 글쟁이고 그러지 않으면 글쟁이가 아닐까? 내 겉모습이 방송작가일 때도, 공무원일 때도, 다른 어떤 일을 할 때도 나는 글쟁이였다. 다른 모습을 하고 있다고 해서 글쟁이가 아닌 적 없다.

여러 사정으로 글 쓰던 일을 잠시 내려놓고, 외국계 생명보험 회사에서 세일즈 매니저를 하고 있을 때였다. 두 아들 먹여

살리기는 해야 할 것이 아닌가. 가장 어려운 일이 영업이라고 하는데 그 일을 한 거다. 심지어 세일즈 매니저는 사람을 채용하고 교육하는 등의 일도 해야 했다. 처음 해 보는 업무에, 바쁜 일정에 글을 쓸 여유가 없었다. 그래도 한 번씩 글 쓰는 업무 제안이 들어오면 가뭄으로 쩍쩍 갈라진 논에 비가 내리는 기분이었다.

그러던 어느 날, 아는 분에게 소개를 받았다며 취업 컨설팅을 부탁받았다. (글을 쓰는 일을 하다 보면 자기소개서를 쓰는 일은 기본이고 이름을 짓거나, 워드 치는 일까지 해 달라는 부탁도 온다) 솔직히 귀찮기도 했지만, 본인은 얼마나 답답했으면 나를 찾을까 하는 마음에 만나 봐야겠다는 생각이 들었다. 그렇게 만난 27살의 한 청년, 그는 대학을 나오지 않고 막노동을 하다 머리를 심하게 다친 이후 공부해야겠다는 생각이 들어 2년제 대학을 졸업했다고 한다. 그는 '일반 회사'에 취업하는 게 꿈이라고 했다. 그리고 누구보다 든든한 '아빠'가 되고 싶다고 했다. 그 꿈이 너무 마음에 남아서 이 친구를 도와주기로 했다. 처음부터 나의 이력서를 공개하고 따라오겠느냐 묻고 시작되었다.

자기소개서를 쓰기 전 먼저 본인에 대해 알아야 했다. 나는 어떤 사람인지, 어떤 생각을 하며 살아왔는지, 나의 옛날 모습은 어떠했는지, 나는 언제 가장 행복했고, 언제 가장 슬펐는지, 나는 어떤 삶을 살고 싶은지…. 그런 질문에 대해 이 청년은

3시간가량을 끊임없이 자신의 이야기를 쏟아 냈다. 누군가 자신의 이야기를 이렇게 유심히 들어 준 것도 처음이고, 내 눈빛에서 진심이 보여 눈물이 날 것 같다고 했다. 나와의 대화가 마치 포근한 침대나 푹신한 소파에 누워 있는 것 같은 기분을 느끼게 한다고 했다. 그 표현이 고마워서 한 달 가까이 무료로 이 친구 컨설팅을 해 줬다. 이력이고 자격조건이라고는 없어서 그의 삶을 이야기를 녹여 내는 데 열중한 작업이었다.

그러던 어느 날, 점심시간이었다. 전화 한 통이 걸려 왔다. 그 친구의 어머니였다. 내가 작가라고 해서 믿고 일주일에 1~2번을 보냈는데, 우리 애가 작가님 좋다고 해서 좋은 사람이구나 했는데 그런 일 하는 사람인 줄 몰랐다, 작가님인 줄 알았더니 사기꾼도 아니고 마음 같아서는 가서 다 뒤집어엎고 아주 망신을 주고 싶지만 참는다고 했다. 30분은 욕을 먹은 것 같다. 얼마나 울었는지 모른다. 밥도 넘어가지 않았다. 처음부터 다 말하고 시작했던 일인데 갑자기 어떤 문제가 생겨서 그러는지도 몰랐다. 마른하늘에 날벼락이라는 게 이런 건가.

내가 왜 '작가'가 아닌 사기꾼이 된 걸까? 단순히 글만 쓰는 사람이 아니라서? 처음부터 나는 나의 이력과 현재 상황을 공개하고 시작했는데 왜 사기꾼이 되었을까? 온종일 머릿속이 복잡했다. 오후가 되어서야 그 친구는 본인 엄마에게 사정을 들었는지 전화를 했다. 하지만 나는 받을 힘이 없었다. 죄송하다면서 문자메시지도 왔다. 대답도 못 했다. 아니, 하기 싫었다. 그 친구와 만나기로 했던 날짜가 됐지만, 다신 만나고 싶지 않았다. 그래서 그 어머니께 장문의 메시지를 썼다.

○○ 어머님, 어머님께 비하진 못하지만, 저도 나름 어려운 일 겪으며 살아온지라 젊은 친구들 고생하는 것 보면 하나라도 돕고 싶은 마음에 글 쓰는 일 놓지 않고 자소서도 돕고, 면접도 돕고 있습니다. 단순히 돈 벌자고 하는 일이 아님을 말씀드립니다.

어머님, 저는 지금 제 일을 좋아합니다. 보험은 아픈 사람, 어려운 사람을 도와줄 수 있는 일이고, 가정을 돕는 일입니다. 제가 서른 초반에 암에 걸렸을 때 우리 집이 무너지지 않게 도와준 게 보험이고, 제가 죽을 만큼 힘들 때도 살 수 있게 도와준 게 보험입니다.

글 쓰는 일은 존중받고 존경받을 일이고, 보험 일은 그렇게 지탄받을 일인 것인지 모르겠습니다. 다 같은 사람이 하는 일입니다. 어쩌면 몇 글자 끄적이는 것은 누구나 할 수 있고 아무나 할 수 있습니다. 하지만 그런 쓴소리 들어 가며 하는 보험 일은 누군가의 가정을 지켜 내는 더없이 소중한 일이고 고귀한 일이라 누구나 할 수 없고, 아무나 할 수 없는 일이라 저는 생각합니다.

○○ 씨는 평범하게, 돈 걱정 없이 잘 살기를 간절하게 원했습니다. 든든한 아빠가 되는 것이, 그런 가정을 갖는 것이 소원이라고 했습

니다. ○○ 어머님, 평범한 것은 꼭 공장을 다니는 것인가요? 돈 걱정 없는 것이 얼마를 버는 일이며, 잘 사는 것이 어떤 것인가요?

아드님께 다양한 길을 알려 드렸고, 심지어 저희 아버지 사업체에 연결해 줄 수도 있다는 말까지 했습니다. 그런데 아마 그럴 일은 없을 것 같네요. 자소서는 아는 분이 많다고 하시니 다시 맡기시면 될 것 같습니다. ○○ 씨와 8시간 정도 상담했습니다만 시간상으로 제가 투자한 건 봉사한 것으로 하겠습니다.

항상 건강하시고 앞으로 하시는 일 잘되시길 바랍니다.

한 번 글쟁이는 고기 굽는 일을 해도 글쟁이고, 청소해도 글쟁이고, 무엇을 하든 글쟁이다. 자신의 삶 속에 녹아 있는 그것들을 어찌 아니라 한단 말인가. 지금 당장 보이는 모습이 조금 다르다 해서 사람이 바뀌는 것은 아니다. 한 번 글쟁이는 영원한 글쟁이다. 다른 일을 하면서 글을 쓴다면 그 분야로는 더욱 전문적인 글을 쓸 수 있지 않겠는가. 글이 사람의 귀천을 정하는 것이 아니라, 사람이 문제다.

결국, 장문의 메시지는 약간의 수정을 거쳐 ○○ 씨 어머니가 아닌 ○○ 씨에게 보냈다. 다음 수업은 더는 없다는 말과 함께. 그리고 나도 결국 다시 오롯한 작가로 돌아왔다. 영업은 아무리 N잡러인 나라고 할지라도 쉽게 할 수 있는 일은 아니었다.

내일은 빛나고 싶다

2016년부터 스토리텔링에 관한 강의를 시작했다. 스토리텔링 강의를 할 때면 내가 꼭 강조하는 것이 있다. 모든 사물, 사람에게서 의미를 발견하라는 것이다. 하나의 사물이 단순한 물건이 아니라 나에게 하나의 의미가 되었을 때 진짜 스토리텔링이 시작될 수 있다고 말이다. 김춘수의 시(詩)「꽃」처럼.

> 내가 그의 이름을 불러주기 전에는
> 그는 다만
> 하나의 몸짓에 지나지 않았다.
> 내가 그의 이름을 불러주었을 때
> 그는 나에게로 와서 꽃이 되었다.

김춘수, 「꽃」 중에서

우리 삶은 모든 것이 스토리텔링으로 연결된다. 나의 명함이 '하미라 작가'였다가, '낯선생각의 글쟁이 하미라'였다가, '하미라 주무관'이 되는 많은 변천을 거칠 때마다 나의 이야기도 하나씩 늘어 갔다. 모든 '나'가 다른 이야기를 가지고 있기 때문에, 내 삶은 계속해서 풍성해지고 있다.

그중에서도 앞에서도 잠깐 언급했던 2018년, 2019년 문수 실버복지관에서 진행한 스토리텔링 수업은 유난히 나의 삶을 풍성하게 했다.

2018년에는 주제 잡기가 쉽지 않았고, 어르신들과 깊은 이야기를 할 시간도 없어 아쉬움이 있었다. 이에 2019년 진행한 수업은 아예 방향을 바꿨다. 글을 무작정 쓰는 것이 아니라 우선 어르신들과 글쓰기와 말하기, 스토리텔링에 대한 기본적인 이해부터 시작해서 글감 찾기, 나에게 의미 있는 기뻤던 이야기, 슬펐던 이야기, 재미있었던 이야기 등 시간이 오래 걸리더라도 어르신들의 속에 있는 이야기를 끄집어낼 수 있도록 했다. 돌아가면서 한 명씩 발표도 시켰다. 글로 보는 것과 자신의 감정을 고스란히 실린 목소리로 듣는 울림은 다르기 때문이다. 어르신들은 처음에는 앞으로 나오는 걸 부끄러워하셨다. 떨리는 목소리로 한 줄 한 줄 읽어 내려가면서 점점 자기 목소리를 내기 시작했다. 눈물 나는 이야기, 배꼽 잡는 이야기, 때로는 아련한 이야기도 있었다. 어르신들과 함께 울고 함께 웃었다.

어르신 한 분 한 분을 제대로 알아 가면서 어르신들의 삶에서 '의미' 있는 무언가를 찾아낼 수 있었다. 그렇게 '나만의 의미'를 찾는 순간 진짜 스토리텔링은 시작되었다.

그를 처음 만나는 날이었다. 다방의 구석진 자리에 앉아 있었다. 차 한 잔 하자는 몇 번의 제의를 받고 어렵게 약속을 잡았다. 주변 사람이 보면 소문이 나고 어른들이 이해 못 하므로 조심스러웠다. 자리에 앉아 인사를 하고 몇 마디 주고받았다. 귀에 익은 목소리가 들려 주위를 돌아보자 조금 떨어진 테이블에 잘 알고 있는 동네 어른이 보였다. 나는 마음이 편하지 않았다. 이 자리에서 나가야 한다는 생각을 하고 몸을 돌려 최대한 동네 어른의 눈에 띄지 않도록 자세를 바꾸었다… (중략)

- 강영숙 어르신

(중략) … 지금은 정년퇴직하고 노인복지관 등에서 그동안 하고 싶었던 사군자, 캘리그라피 등을 배우고, 자원봉사활동을 하면서 행복하고 보람된 날들을 보내고 있다.

홀로 풍찬노숙하던 난 이제 평생을 희생해 준 아내가 있고, 듬직한 아들, 상냥한 며느리, 토끼 같은 손자가 둘이며, 아빠를 끔찍이 사랑하는 효녀딸과 나라를 지키며 산 군 장교 출신의 사위, 나보다 키가 훨씬 큰 중학교 1학년 외손녀가 있다.

그리고 해질 때 돌아갈 아늑하고 따스한 집이 있어 행복하다. 이제야 사는 게 사는 것 같다. 소소한 행복을 느끼며.

- 김길용 어르신

불같이 살아오신 어머님의 삶을 그리며. 내일모레면 어머님 돌아가신 지 3년째 되는 기일입니다. 37세에 남편과 사별하고 6남매를 키우시면서 힘든 고난과 어려움을 견디면서 현명하게 밝게 살아오신 어머님, 온갖 고통을 다 참아 가면서 오로지 자식을 위하여 한평생을 희생하신 어머님, 팔순이 접어들면서 잦은 병환에 끝내 몸을 움직일 수 없어서 요양병원에 모시기로 형제 모두 합의했습니다.

몸을 움직이지 못하시니 밥도 손수 못 잡수시고 남의 도움으로 밥을 잡수시니 얼마나 힘들고 고통스러운 날이었겠습니까?

- 김순옥 어르신

당시 연세가 아흔둘이셨던 박용갑 어르신의 글은 진짜 어떤 글보다도 훌륭했다.

작년까지는 25평 아파트에서 혼자 살아왔다. 늙으니 거동도 불편해지고 혼자 살기가 점점 불편해져 가니, 큰아들이 나를 혼자 두기가 불안했는지 지 집으로 오라고 해서 금년 들면서 아들집으로 이사를 왔다. 아들과 같이 사는 것이 처음이라 합가하고서는 왠지 조심스럽고 어색했다. 나만 그런 것이 아니고, 아들과 며느리도 물론 많이 불편했겠지. 혼자서 내 뜻대로 자유롭게 살다가 아들과 며느리와 호흡을 맞추려니 여간 힘이 드는 것이 아니었다.

어색한 점이 많았다. 한동안 서먹서먹하기도 했다.

자유롭게 각자의 생활을 하다가 애비와 자식이라는 계층의 차이를 단기간에 합리화하는 것이 쉬운 일이 아니라는 것을 알게 되었다. 그래서 처음부터 다시 시작해야겠다는 것을 느꼈고, 자유분방하게 혼자 살아온 습관을 시정하는 데 시간이 필요했다.

효자는 부모 입에서 나온다는 말을 되새겨 보았다. 모든 것을 내 탓으로 치부하기로 하고 마음을 고쳤다. 본래 내 자식은 어질고 착한 성품인데 나 자신에게 잘못이 있어서가 아닌가 하고 고민도 많이 했다. … (중략)

- 박용갑 어르신

어르신들의 글을 살아 있었고, 어르신들의 글 속에서는 모두가 청년이고 소녀였다. 그 삶을 들여다보며 같이 웃고 운 시간이 3개월이었다. 마지막 수업에는 어르신들이 눈물을 흘리면서 말씀하셨다.

"우리 선상님, 우리 선상님은 꼭 엄마 같다. 어떻게 이렇노."

"선생님 덕분에 다시 젊어진 것 같고, 그때로 돌아간 것 같아서 진짜 고맙십니데이."

어르신들 앞에서 감히 내 삶의 이야기도 털어놓았었다. 괜한 이야기 한 거 아닌가 하는 생각이 들기도 전에 내 손을 꼭 잡아 주던 어르신들, 여전히 다들 잘 계시는지.

나는 꿈꾼다. 많은 사람이 자신의 삶 속에서 의미를 찾아내기를, 그리고 그 속에 자신을 봤을 때 누구보다 행복한 기억들이 가득하기를. 그래서 나는 오늘도 스토리텔링 강의를 나간다.

소문난 맛집 같은 소문난 작가

어느 하루 바람이

젖은 어깨 스치며 지나가고

내 지친 시간들이

창에 어리면 그대 미워져

너무 아픈 사랑은 사랑이 아니었음을

김광석, '너무 아픈 사랑은 사랑이 아니었음을' 중에서

이 노랫말을 들을 때마다 나는 생각한다. 정말 너무 아프면 사랑이 아닌 걸까? 이별이라고 하는 것은 원래 아픈 것이 아닌가. 많은 사람이 이 같은 질문을 던지곤 했다. 아무리 생각해도 답을 모르겠다고, 이 노랫말을 쓴 류근 시인은 '아픈 것은 더 아프게, 슬픈 것은 더 슬프게' 하려는 의도로 글을 쓴다고 한다.

시인이란 그리하여 모름지기 견디는 사람이다. 비도 견디고, 사랑도 견디고, 이별도 견디고, 슬픔도 견디고, 쓸쓸함

도 견디고, 죽음도 견디고 견디고 견디어서 마침내 시의
별자리를 남기는 사람이다. 다 살아내지 않고 조금씩 시에
게 양보하는 사람이다. 시한테 가서 일러바치는 사람이다.

류근, 『함부로 사랑에 속아주는 버릇』 중에서

그래, 이거다. 내가 비록 시를 쓰는 것은 아니나, 글쟁이는
견디는 사람이었다. 언젠가부터 내 인생에 대해 숱한 반문을
해 왔다. 왜 이렇게 되었을까? 하고. 견디면서 시가 되고, 소설
이 되고, 글이 되는 것이구나. 그래서 글쟁이는 견뎌야 하는 사
람이고, 나는 글을 쓰기 위해서 숱한 고비를 견뎌 온 것이구나.

내 삶을 후회하지도 않고, 내 아픔에 탓하고 싶지도 않았다.
어찌 되었건 내가 선택한 삶이고, 내가 선택한 것들이 아니던
가. 그래서 견디고 또 견딜 수 있었다. 그렇게 견뎌 온 많은 날
이 글이 되었다. 알에서 태어나 세상 빛을 처음 본 애벌레가 험
난한 세상에서 번데기를 거쳐 아름다운 나비가 되어 날아오르
기까지 그 엄청나고 신비로운 일이 내 안에서 벌어지고 있던
거다.

아직은 매일매일 쌓아 온 것들로 나를 보호하고, 날아오르
기 전까지 세상에 잡아먹히지 않으려 몸부림치고 있다. 세상이
얼마나 험난한지 이제 겨우 알아 가기 시작한 작은 번데기, 그

런데 곰곰이 생각해 보면 결국 나비는 새로운 삶을 4번 살아가는 것 아닐까?

아직 알에서 깨지 않았을 때와 애벌레가 되어 적들의 공격에서 살아남기까지, 그리고 나비가 되기 전 힘든 인내를 해야 하는 번데기로의 시간과 가장 화려해 보이는 나비가 되기까지 말이다. 봄, 여름, 가을, 겨울처럼 사계절을, 네 가지의 삶을 살아가는 것이다.

그리고 나비의 생을 사람의 삶에 비유한다면, 나비가 된 단계를 '행복하게 잘 살았습니다' 하는 해피엔딩으로 볼 수 있지 않을까?

나는 지금까지의 글쟁이로서 내 삶을 잘 살아왔다고 생각한다. 많은 실수와 시련이 있었지만, 그것은 나를 성장시키기 위한 성장통이라 받아들이면 앞으로도 무서울 것 없다. 적어도 후회하는 순간은 없었으니 그것으로 된 것 아닐까?

움츠렸던 순간들이 없지는 않았다. 하지만 그렇다고 숨지도 않았다. 최대한 당당하려고 노력했고 당당했다. 씩씩했고 당찼다. 그랬으면 된 거다. 20년 전보다 10년 전이 나았고, 10년 전보다 5년 전이 더 단단해졌으며, 5년 전보다 지금의 나는 강해졌다.

태어나서 죽기까지, 누구도 삶의 단 하루도 미리 경험해 볼 수 없다. 늘 반복되는 일상이라고 하지만 늘 똑같은 일만 있지도 않다. 어떤 날은 일이 술술 풀리다가 또 어떤 날은 하는 일마다 문제가 생기고 잘되지 않기를 반복해 힘들기도 있다. 가끔 즐겁기도 하고 때로 답답하기도 한 새로운 매일을 우리는 살아간다.

세월이 흘러 나이가 들면서, 나의 모든 것이 조금씩 변해 간다. 아주 작고 어렸던 아이가 어른이 되고, 부모가 되고 다시 할아버지, 할머니가 되는 삶의 흐름은 많은 것을 바꾸어 놓는다. 이렇게 삶이라는 시간 속에서 우리는 많은 것을 배우고 얻어 가며, 때로는 잃어 가면서 언제 끝날지 모르는 긴 여행을 한다.

그래도 삶이라는 여행은 혼자 떠나는 외로운 여행은 아니다. 젊었을 때는 사랑하는 사람과 아이들이 함께 가족이라는 모양을 만들어 가며, 시행착오도 겪고 행복해하기도 하며 보낸다. 이 여행의 목적지는 어쩌면 나의 아이들의 행복, 또 아이들의 홀로서기일지도 모른다. 나보다는 가족을 위해 헌신하고 모든 것을 내어 주는 여행.

또 어쩌면 삶이라는 여행은 가장 길고도 캄캄한 동굴을 걸어 나오는 여행일지도 모른다. 무거운 짐을 이고 지고 제대로 빛도 보이지 않는 곳에서 멈추지 않고 걷고 또 걸어 드디어 나온 곳에서 잠시 주춤하게 된다. 아이들도 모두 자신들의 여행 길에 오르고, 다시 혼자가 된 나는 이제 어디로 가야 하는 건지, 어떻게 해야 할지 막막할지도 모른다. 그럴 때 우리는 다시 나를 찾는 여행을 떠나야 한다. 아직 가야 할 길이 먼데, 내가 어떤 사람인지, 어떤 능력이 있는지, 어떤 것이 나를 행복하게 만드는지 깨달아야 앞으로의 여행이 보다 행복해질 수 있다.

그것이 나에게는 글이라는 친구다. 젊은 시절에는 과감한 선택으로 도전도 해 보고, 실패하더라도 나아가는 용기를 가지고 있었지만, 시간이 흐를수록 사람은 많은 것을 놔 버린다. 그냥 포기하는 것이다.

소중한 순간이 오면 따지지 말고 누릴 것, 우리에게 내일이 있으리라는 보장은 없으니까.

요나스 요나손, 『창문 넘어 도망친 100세 노인』 중에서

『창문 넘어 도망친 100세 노인』이라는 소설에는 이런 대사가 나온다. 물론 소설 속 주인공은 이루 말할 수 없는 엄청난 사건, 사고로 얼룩진 100년이라는 삶을 살아온 노인이다. 어떻게 저렇게 살아 낼 수 있을까 하며 그 삶의 흔적에 집중할 수도 있을 것이다.

하지만 나는 그의 굴곡진 삶이 아니라 모든 상황을 담담하게 받아들이면서 끝까지 자신이 즐기려는 것에 두려움 없이 도전하는 그가 보였다. 노인과 같은 삶의 자세로 삶이라는 여행을 떠난다면 두려울 것이 무엇이며, 겁낼 것이 무엇이 있을까?

이미 오랜 여행에 조금은 지치고, 설렘도 많이 사라졌을 수 있다. 지금부터는 조금 새로운 나에게로의 여행을 떠나 보는 건 어떨까?

많은 사람에게 인생의 최종 목표나, 인생에 가장 소중한 것이 무엇인지를 물으면 대부분 '가족', '재산', '아이들'이라고 답한다. 물론 그 답이 완전히 잘못된 것은 아니다. 그렇지만 제일 중요하게 생각해야 하는 한 가지는 내 인생의 주인공은 가족이 아니라, 돈이 아니라 자기 자신이라는 것이다. 지금 내가 살아가고 있는 이 삶은 가족의 것이 아니라 내 것이다. 내가 오롯이 행복할 때 가족들도, 아이들도 행복할 수 있고 재산도 그 값어치를 할 수 있다고 믿는다.

이제는 내가 행복할 방법을 찾는 여행을 떠나 보면 좋겠다. 그 속에서 나도 잘 알지 못했던 나를 느끼고, 나를 더 행복하게 만드는 많은 것들을 꼭 찾아내기를 응원한다.

지금까지 수많은 글을 쓰면서 나에 관한 이야기, 작가로서의 이야기를 이렇게 풀어놓는 것은 처음이다. 이제 겨우 마흔을 조금 넘기면서 작가로 살아온 삶을 돌아본다는 것이 조금은 부끄럽지만 이 글을 시작한 것은 나를 찾는 과정이자 스스로를 치유하기 위한 시도였다.

한참 글을 쓰다 보니 '왜 이렇게 온통 실수한 이야기뿐이지? 왜 전부 힘든 이야기에, 나의 부족함과 못난 모습만 써내고 있지' 싶어서 한없이 초라해졌다. 평범해 보이지만 절대 평범하지는 않았던 나의 이야기. 그럼에도 불구하고 씩씩하게 잘 살아왔고 이겨냈다. 다른 이들은 평범한 삶이 너무나 심심하고 무료하다는데 나는 너무나 다이내믹한 경험들을 했기에 할 수 있는 이야기들. 슬프고 아팠던 일, 힘들고 억울했던 일까지도 시간이 조금 지나자 일정한 거리를 두고 볼 수 있게 되었고, 그렇게 나는 한 뼘 더 크고 내 글은 한 층 더 성숙해졌다.

당시에는 화나고 슬펐던 일들도 글로 쓰다 보니 스스로를 다시 돌아보게 되었고, 그 일에 대한 감정은 담백해지고 진심은 깊어졌다. 제대로 겪고 나서야 제대로 느끼는, 나는 그런 사람이다. 그런 삶을 살아왔기에, 또 그런 삶을 살아가고 있기에, 앞으로도 그렇게 살아갈 것이기에 이렇게 글을 쓰면서도 '그래도 열심히 살았구나, 치열하게 살았구나' 하며 국밥 한 그릇 다 비워 낸 듯 속이 든든해진다.

누구나 살면서 실수도 하고 시련도 겪어 낸다. 하지만 그것이 실패는 아니지 않은가? 많은 시련 속에서 그것을 버텨 내고 조금씩 단단해지고 굳세어지는 내가 있을 뿐이다.

글쓰기는 내가 겪은 일들을 재구성하는 작업이라고 생각한다. 적어도 내가 쓰는 글쓰기는 그렇다. 자유롭게 나의 이야기를 나답게 쓰는 거다. 그것이 방송 글쓰기이든, 나만의 글쓰기이든 간에 글을 쓴다는 것을 어렵게 생각하지 않았으면 좋겠다. 힘들고 지치는 하루를 마치고 집에 돌아와 아무도 시키지 않지만, 식탁에 앉아 글을 쓰는 이들이 많다. 예쁜 조명 아래 앉아 그것이 일기가 되든 메모가 되든 SNS에 끄적이는 글이 되든 나만의 글을 적는 사람들.

우리는 그런 이들을 키친 테이블 라이터(Kitchen Table Writer)라고 부른다. 잘 쓰지는 못하더라도 글을 쓰는 그 행위 자체에 위로를 받는 것이다. 쓰는 행위 자체에서 위로를 받고 나아가서는 누군가 내 글을 읽고 있다는 것이 힘이 되기도 한다. 나 역시 키친 테이블 라이터다. 나는 늘 식탁에 앉아 작업을 한다. 방송 구성안을 쓰기도 하고, 대본을 쓰기도 하고, 일기를 쓰기도 한다. 이 책을 쓰기 위한 원고를 쓰고 있고, 가끔은 노트를 펼쳐 놓고 만년필을 꺼내 든다. 그리고 그냥 생각나는 대로 끄적인다. 식탁 위에서의 시간은 오롯이 생각에 집중하고 글 속에 빠져들 수 있는 나만의 시간이다. 그런 시간이 모여 지금의 나를 만들었다. '식탁 위의 작가'를.

한동안 홀로서기에 대해 많은 생각을 했다. 어떻게 하면 혼자 잘 해낼 수 있을까, 어떻게 해야 덜 외로울 수 있을까, 어떤 모습으로 살아야 나는 홀로서기에 성공하는 것일까. 그런데 생각해 보니 스스로 '혼자'라는 단어에 갇혀서 계속 혼자서 무언가를 어떻게 해야 한다고만 생각했던 것 같다. 둘이 있다가 하나가 되는 것이 아니라 사람은 누구나 혼자였다. 그 혼자였던 삶을 조금 더 재미있고 즐겁게 살아가는 방법을 고민해야 하는데, 마치 이제야 혼자가 된 듯이 혼자로서의 삶을 고민하고 있었다.

혼자서도 편안하고 혼자서도 즐거우며 혼자서도 행복할 수 있을 때, 비로소 누군가와 함께해도 행복할 수 있는 준비가 된 것이다. 그래서 나도 노력해 보려고 한다. 나를 가득 채워서 혼자서 충분히 내 자리를 지킬 수 있도록 말이다.

어쩌면 욕심을 내고 있었는지도 모르겠다. 사랑받고 함께

하고 싶다는 욕심, 하지만 현실은 만족스럽지 않았다. 그래서 스스로를 괴롭히며 '혼자'라는 걸 몸소 깨달으려 했다. 벼랑 끝으로 나 자신을 몰고 가서 결국은 그 욕심을 내려놓게 했다가 슬며시 욕심이 다시 생기면 그걸로 아파하고, 힘들어하고. 새가 마치 날갯짓을 목숨 걸고 연습하고 또 연습하듯 나 역시 이 과정을 반복했다. 이 책을 쓰면서 새삼 느끼는 것이 참 많다.

작가로서의 삶도 마찬가지다. 글을 쓰면서 위로받고 행복해진다는 것을 다시 한번 깨닫는다. 혼자여도, 함께여도 괜찮다. 오늘도 나는 여전히 글쟁이니까.

> 사랑하면 알게 되고 알게 되면 보이나니, 그때 보이는 건
> 전과 같지 않으리라.
>
> 문장가 유한준

이제 나를 사랑해 보려고 한다. 그리고 나에 대해 더 알아가고, 새로운 나를 알게 되기를. 익숙해져 버린, 소중한 순간들 속에서 나를 찾아내는 연습은 지금부터 시작이다.

부록

하 작가의
작업실

지역 향토기업 100년을 담다

행복을 만드는 기업, 무학 최재호 회장(가제)

■ 기획: ○○○   ■ 연출: □□□   ■ MC: △△△   ■ 출연자: 최재호 회장 주식회사 무학

☆☆ 녹화 일시: 2021년 8월 20일(금) 오후 2시 ☆☆

NO	분	총 시간	항목	VIDEO	AUDIO	내용	비고
1	1'	=1'	프롤로그	VPB	SOV	#프롤로그+소개 영상(20")	NA 完 / 자막 完
2	2'	=3'	오프닝	S/T	L/S	* 인사 ▲ 최재호 회장 프로필	♬BG MC+최재호 회장
3	10'	=13'	PART 1 시작	S/T	L/S	<무학에 발을 담그다> - 무학의 역사, 1988년 아버지의 부름 - 소주회사의 회장님 주량은? - 무학에서 도전해 보고 싶었던 일들	MC+최재호 회장
4	10"	=13'10"	브릿지 영상	VPB	SOV	#변화의 바람	자막.NA 完
5	10'	=23'10"	PART 2 변화	S/T	L/S	<무학의 새로운 변화가 시작되다> - 1994년, 무학 회장 취임. 그 후 - 무학의 저도주의 인기& 성공 비결 - 2009년, 부산으로 진출 어떻게 승부를 걸었나 - 무학의 자마다 특색있는 공장, 이런 노력의 이유	MC+최재호 회장

						#	
6	10"	=23'20"	브릿지 영상	VPB	SOV	#무학의 시련	자막,NA 完
7	12'	=35'20"	PART 3 시련	S/T	L/S	**<무학의 시련, 노력은 계속되다>** - 쌩쌩동이 회장님, 우리 회장님 - 자도주 보호법 폐지 - 1996년 울산광역시 승격, 갈등의 중심에 서다 - 부도위기의 무학 - 교로나19의 위기와 수도권의 벽 - 지역기업이 겪는 불평등과 차별 - 정부, 정치권에 바란다	MC+최재호 회장
8	10"	=35'30"	브릿지 영상	VPB	SOV	#사람, 최재호	자막,NA 完
9	10'	=45'30"	PART 4 사람 최재호	S/T	L/S	**<사람 최재호를 만나다>** - 남편&아빠 최재호 - 향토기업, 지역민들이 관심과 시선의 중심에 서다 - 매출액의 3% 이상 사회공헌활동 - 앞으로의 계획	MC+최재호 회장
10	2'	=47'30"	클로징	S/T	L/S	*클로징	♬ BG
11	10"	=47'40"	끝 Title	VPB	SOV		

JCN 울산중앙방송

울산을 만나다

▶10월 24일(일요일) 촬영 일정◀

울주군 영남알프스 편

■ 오전 8시   사무실에서 출발

■ 오전 8시 40분   울주군 **영남알프스 복합웰컴센터** / 상북면 알프스온천5길 103-8
오프닝 → **실외암벽장**
▶ 산악문화관 / 알프스시네마, 알프스카페, 119산악구조센터
▶ 번개맨 체험관 / 번개우주선, 번개미로, 번개열차
▶ 국제클라이밍장 / 실내암벽장, 실외암벽장
▶ 영상체험관 / 다목적상영관, VR 체험존, 울주세계산악영화제

■ 오전 10시   **홍류폭포(왕복 1시간)**

■ 오전 11시 40분   **울주 오딧세이(12시~15시)** / 간월재 특설무대(이동 시간 30분)
▶ 출연자: 남상일, 오정해, 서도밴드, 국악밴드 민들레, 울산 학춤
보존회, 파이브 브라더, 안치환과 자유

■ 오후 4시   **들살이 오토캠핑장**(※ 해 지는 시간 4~5시 사이)
클로징 → **오토캠핑장 낙조**

VIDEO	AUDIO
1 #타이틀	JCN 울산중앙방송 **울산을 만나다**
2 #영남알프스 전경 SK #복합웰컴센터 보이고 #MC, 오프닝	**MC>** 안녕하세요, <울산을 만나다>에 이경입니다. 가지산을 중심으로 해발 천m 이상의 산들이 수놓은 수려한 산세가 유럽의 알프스 같다고 해서 장난스럽게 붙여진 이름, 영남알프스. 어느 순간인가 여기저기 쓰이기 시작하다가 이제는 고유명사가 되어 버린 곳이죠. 오늘은요, 사계절 내내 많은 등산객의 사랑을 받는 곳이지만 가을에는 더욱 사랑받는 '영남알프스'를 찾아왔습니다. 가을 단풍을 가득 품고, 온 세상이 황금빛으로 물드는 아름다운 풍광까지, 여러분, 저와 가을을 만나러 함께 떠나 보실까요?
3 #영남알프스 SK #영남알프스 풀샷 / 드론샷 #손 흔드는 등산객 #복합웰컴센터 보이고	**NA>** 본래 가지산, 간월산, 신불산, 영축산, 천황산, 재약산, 고헌산 7개의 산을 지칭하는 영남 알프스는 사계절 모두 아름답기로 유명합니다. 그중에서도 특히 가을이면 산 곳곳이 억새로 가득한 환상적인 풍경을 자랑하면서 전국의 발길을 불러들이는데요. 영남알프스는 찾는 일반등산객들이 다양한 레포츠를 즐길 수 있도록 하기 위해 만들어진 영남알프스 복합웰컴센터는 많은 이용객이 방문하는 문화공간으로 자리 잡았습니다. ※ 복합웰컴센터 설명
4 #복합웰컴센터 앞 MC #클라이밍 가족 INT	**MC>** 이곳이 바로 영남알프스 복합웰컴센터인데요. 영남알프스를 찾는 분들께서 이렇게 이용하고 계십니다. 지금 제 뒤로 보이는 것이 국제클라이밍장인데요. 실외클라이밍장에 꽤 이른 시간부터 가족들이 클라이밍을 즐기고 계세요. 한번 만나보도록 하겠습니다. **클라이밍 가족 INT>** Q. 언제부터 가족들이 함께 클라이밍을 했는지? Q. 클라이밍의 매력은 무엇인지? Q. 오늘 목적은 클라이밍? 산행? Q. 우리 가족 파이팅!!

5	#영남알프스 지도 보이고 #지도 앞에 선 MC #손으로 홍류폭포 가리키는	NA> 영남알프스에서 첫 번째 목적지는 신불산 중턱에 자리한 울산의 대표적인 폭포인 '홍류폭포'로 결정했습니다. 갈 길이 왠지 험난할 것 같지만 오늘은 영남알프스의 매력을 제대로 느끼고 가기로 큰마음 먹었으니 길을 나서 봅니다. 출발~
	#등산 시작 #걸어가는	MC> 뭐, 아직까지는 걸을 만한데요? 등산을 하시는 분들도 엄청 많으시고, 쉬엄 놀멍 가 보도록 하겠습니다~ 안녕하세요~~ (등산객들 서로 인사 주고받는)
6	#등산객 INT ※ 간식 먹고~	Q. 영남알프스에는 자주 오시나? Q. 영남알프스의 어떤 부분이 제일 매력적인지? Q. 등산할 때 가장 중요한 간식, 어떤 것 가져오셨나? Q. 오늘의 최종 목적지는? Q. 파이팅!
7	#MC 올라가는 뒷모습 #홍류폭포 SK #홍류폭포 앞 MC #폭포 보이다가 하늘로 F.I.	NA> 다시 돌계단을 오르고, 낙엽길을 지나 홍류폭포로 향했습니다. 영남알프스 복합웰컴센터에서 30분 정도 올라간 곳에서 드디어 홍류폭포를 만날 수 있었습니다. MC> 신불산 칼바위 능선을 넘지 않아도 이렇게 멋진 홍류폭포를 만날 수 있습니다. 이곳의 폭포수가 햇빛을 받으면 무지개가 서린다고 해서 홍류폭포, 무지개폭포라고도 불리는데요. 그냥 보기만 해도 가슴이 뻥 뚫리는 것 같네요.
8	#영남알프스 SK #간월재 드론샷 #사람들 보이고	NA> 이번에는 영남알프스의 자랑, 간월재로 향했습니다. 바람이 불어오는 곳을 따라 황금빛 억새가 춤을 추는 이곳에 정말 많은 사람들이 계셨는데요.

9	#울주 오딧세이 현장 #가수들 공연하는 #관객들 반응	※ **현장 공연** **sync> 공연하는 가수들** NA> 바람에 나부끼는 억새와 함께하는 하늘과 가장 가까운 공연이 열리는 곳, 바로 2021 울주 오딧세이. 영남알프스 간월재의 눈을 뗄 수 없는 아름다운 억새와 울주 오딧세이에서만 만날 수 있는 특별한 공연이 어우러져 매년 많은 분들의 관심과 사랑을 받고 있는데요.
10	#관객 INT	Q. 산 위에서 만나는 이런 멋진 공연을 보니 어떠신지? Q. 간월재까지 올라오기 힘들진 않았는지? Q. 공연을 하는 걸 알고 올라오신 건가? Q. 지금 간월재의 풍경과 기분을 한마디/노래로 표현?
11	#가수 INT(가능하다면)	Q. 울주 오딧세이 첫 참여인지? Q. 산 위에서의 공연 어땠는지? Q. 함께해 주시는 관객들에게 한마디? Q. 가을 산행하면 어디가 제일 좋은가?/영남 알프스!!
12	#들살이 오토캠핑장 SK #캠핑하는 사람들 #텐트 앞 MC	NA> 간월재로의 산행을 마치고 찾은 곳은 영남알프스 품에 안긴 핫플레이스 오토캠핑장입니다. 캠핑문화가 확산되면서 소확행을 즐기는 사람들이 애용하는 곳이기도 한데요. 특히 코로나 19로 답답한 일상에서 벗어나 맑은 공기를 마시면서 즐기는 건 스트레스 해소하기에도 그만이죠~
13	#캠핑장 INT	Q. 캠핑장 자주 오시는지? Q. 캠핑의 매력이라면? Q. 캠핑하면 이건 빼놓으면 안 된다, 하는 아이템이 있다면? Q. 이곳을 찾는 이유? 영남알프스의 매력 때문~
14	#해 지는 캠핑장 #모닥불 C.U. #불멍 하는 MC	MC> 이 경치 좋은 곳에서 이렇게 모닥불 피워 놓고 바라보고 있노라니 세상 시름 다 덧없는 것 같습니다. 한 번씩은 이런 시간을 가지면 참 좋을 것 같네요.

JCN 울산중앙방송

울산을 만나다

▶ 8월 7일(토요일) 촬영 일정 ◀

남구 장생포 편(2021년 9월 2일 송출 예정)

■ 오후 1시　　　**장생포 고래문화마을+모노레일 강○○**
　　　　　　　　고래문화마을팀장 010-××××-××

　　　　　　　　브릿지 ① → 수국길 걸으며
　　　　　　　　브릿지 ② → 모노레일 타고 도는

■ 오후 2시　　　**아트스테이(예술인 INT: 이청언 작가님)**
　　　　　　　　이○○ 담당자 010-××××-××

■ 오후 3시　　　**오프닝 → <환상의 섬> 벽화 거닐며**

■ 오후 3시 30분　**장생포문화창고(※ 2시/4시 타임 화가체험 INT)**
　　　　　　　　김○○ 팀장 010-××××-××

■ 오후 4시　　　**김기현 의원님과 함께 장생포문화창고 둘러보기**

■ 오후 5시　　　**김기현 의원님과 함께 할머니고래카페**
　　　　　　　　최○○ 회장님 010-××××-××

■ 오후 6시　　　**아트스테이 수업 → 진행은 창작스튜디오**
　　　　　　　　(※ 4~7시까지 사진 수업+체험)
　　　　　　　　이○○ 담당자 010-××××-××
　　　　　　　　클로징 → 아트스테이 옥상 캠핑장

VIDEO	AUDIO
1 #<환상의 섬> 벽화 보이고 #벽화 보며 따라 걸어오는 #오프닝 멘트 #벽화 속 <환상의 섬> 보이고	**MC>** **안녕하세요, <울산을 만나다>에 MC입니다.** **여름이면 고래떼가 바다를 수놓던 그 시절에,** **고래를 찾기 위해,** **돈벌이를 하기 위해 많은 이들이 찾던 곳,** **바로 이곳 장생포인데요.** **아마 그때 그 시절의 장생포는 누군가에게** **'환상의 섬'일 수도 있었겠죠?** **오늘은 저와 함께 환상의 섬, 장생포로 함께 떠나 보시죠!**
2 #장생포 SK #모노레일 타는 #모노레일 밑으로 보이는 장생포 전경	NA> 남구는 다른 지역에서는 볼 수 없는 독창적이고 이색적인 관광 자원이 자랑거리입니다. 가장 먼저 고래가 떠오르는 것처럼 말이죠. 우리나라 유일의 '고래관광특구'로 지정된 장생포는 남녀노소 모두가 보고 즐기기에 부족함이 없는 곳이기도 합니다. 2015년 5월에 문을 연 고래문화마을을 비롯해 고래박물관과 고래생태체험관, 고래바다여행선 등 고래와 관련한 다양한 볼거리와 즐길 거리가 산재해 있는 곳이기도 한데요.
3 #모노레일에서 보이는 고래문화마을 #모노레일 안 MC	**MC>** **장생포에 오셔서 이렇게 1.3km 코스의** **모노레일을 타고 한 바퀴 돌면** **한눈에 장생포를 다 돌아볼 수 있는데요.** **특히 가장 인기 있는 곳이 포경산업이 절정에 달했던** **1960~1970년대 장생포를 실물 그대로 복원한** **장생포 '고래문화마을'입니다.**
4 #고래문화마을 팀장 INT #고래문화마을 전경	강명원 팀장 INT> **Q. 고래문화마을은 어떤 곳인가?** - 이곳에는 고래를 잡는 포수, 선장, 선원, 고래 해체장 등의 집과 작업공간을 비롯해 학교 식당 우체국 이발소 등 추억 어린 건물 23개 동이 옛 모습 그대로 재현돼 있습니다. **Q. 꼭 장생포에 대한 추억이 있는 분들뿐만 아니라 누구나 기억하는 옛 추억이 있는 곳이기도 한 것 같은데 관람객은 어느 정도 찾고 있나?** - 코로나19 이전만 해도 월평균 1만 명 안팎의 관광객이 찾는 명소였음, 현재는 코로나 때문에 운영을 못 하는 공간도 있지만 그래도 여전히 많은 이들이 찾는 곳이다.

	#인스타그램 속 수국 사진	Q. 가장 인기 있는 공간은 어디인지? - 요즘 SNS를 워낙 많이들 하다 보니 그런 공간이 인기. 수국정원.
5	#수국정원 보이고 #팀장과 함께 걸어가는 MC #뒷모습 보이고	NA> 요즘 젊은 사람들은 새로운 문화, 새로운 것들에 호기심을 가지고 입소문 타면 금방 새로운 문화가 형성되곤 하는데요. 장생포 역시 그런 측면에서 새로운 바람이 불고 있습니다.
6	#장생포문화창고 풀샷 #장생포 문화창고 간판 #MC 건물로 들어가며	MC> 여기가 바로 새로운 바람이 될 장생포 문화창고입니다. 지난 6월 26일에 개관을 한 아주 따끈따끈한 곳인데요. 그런데 여기가 1973년에 지어진 옛 세창냉동 창고를 복합문화공간으로 개조해서 만든 거라고 하는데요. 내부는 어떻게 되어 있는지 한번 들어가 볼까요?
7	#문화창고 둘러보기	NA> 운영 중단 이후 오랫동안 방치돼 오던 이 창고를 사들여 지역 문화시설로 만드는 사업을 추진해 약 5년 만에 정식 개관했는데요. 오래 걸린 만큼 내부 구성도 아주 알차게~
8	#담당자 INT	장생포 문화창고 담당자 INT> Q. 장생포 문화창고에 대한 소개를 해 주신다면? - 장생포 문화창고는 지역 주민을 위한 교육·체험 프로그램을 제공하고, 예술인의 창작 활동 공간이나 각종 공연, 전시, 행사 장소로 활용. Q. 장생포 문화창고 개관을 기다린 분들도 많았을 텐데…? - 지난 6월 26일부터 약 2달간, 5천726명, 하루 평균 168명 방문했으며, 방문객 대상 조사에서 8.82의 만족도를 보였습니다. 앞으로도 더 좋은 공연과 인문학강연, 전시 등을 기획 중입니다.
9	#문화창고 둘러보기(층별) #구경하는 MC #울산공업센터 기공식 기념관	NA> 매주 화요일에서 일요일까지 오전 10시부터 오후 9시까지 운영하는 장생포 문화창고는 1층에는 청춘마당과 푸드코트, 어울림마당, 2층에는 지역 주민을 위한 창작/체험 공간과 울산공업센터 기공식 기념관이 설치되어 있는데요. 이곳에서 반가운 손님을 만났습니다!

	#김기현 원내대표님 INT	**MC>** 아니, 이게 누구십니까~ 김기현 의원님! 여긴 어쩐 일로~
		김기현> 장생포 문화창고가 문을 열었는데 계속 와야지~ 하다가 오늘에서야 찬찬히 둘러보고 있었습니다.
		MC> 여기가 울산공업센터 기공식 기념관인데~ 혹시 이때 기억나십니까?
10	#공업탑 모형 보면서	**김기현>** 이때가 1962년, 대한민국 최초의 특정공업지구로 선정된 때 울산이 높은 산이 둘러싸고 있고, 동해 바다까지 천혜의 자연환경을 가지고 있어서 가능했던 일이죠~
	#망향탑와 옛터비 사진	**MC>** 이게 공업탑이네요. 그러고 보니 공업탑이 왜 이름이 공업탑일까 생각해 본 적이 있었는데 울산공업센터 설정 선언으로 만들어진 거였네요~
		김기현> 그렇죠, 제1차 5개년 경제개발계획을 실천하는 데 있어서 주축이 된 곳이 바로 울산이고 그 시작점이 장생포~ 하지만 빛이 있으면 그림자도 있는 법, 공업지구에 공장, 산업시설 등이 들어설 때마다 시설 부지에 있던 마을들은 철거되고 주민들도 고향을 떠날 수밖에 없었고요. 울산 전역에 공업화로 인한 실향민이 30년 가까이 계속 생겨났던 거죠.

Tip.

☞ 작가가 직접 섭외 및 출연자, 촬영팀의 일정 조율까지 다 해서 촬영 스케줄을 잡고 촬영 스텝들에게 알려야 한다. 하나라도 꼬이면 작가의 잘못. 촬영이 무사히 끝날 때까지는 날씨도 빌어야(?) 하는 작가의 숙명.

☞ 어떤 동선으로 어떻게 움직여야 하는지 누구와 어디서 어떻게 만나서 어떤 인터뷰를 하는지, 세세하게 그림을 그리듯이 구성안을 짜야 한다. 그래서 작가는 모든 구성안을 쓰기 전에 충분한 자료 조사를 통해 머릿속으로 그림을 그리고 구상을 한다. 그런 후에 구성안에 글로 옮겨 적는다. 그렇게 화면으로 옮겨지는 것이 영상이 된다.

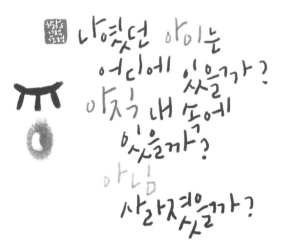

나였던 아이는
어디에 있을까?
아직 내 속에
있을까?
아님
사라졌을까?

a
cup
of
coffee

표현은 잘 못하지만
언제나 당신은
나의 가장 소중한
한사람 입니다. 한자루 만들기 그리그

한잔가~

힘내세요~
쭈욱~ 들이키고
으샤으샤

식탁 위의 작가

초판 1쇄 발행 2022년 10월 20일

지은이 하미라
펴낸이 류태연

편집 김수현 Ⅰ **디자인** 김민지

펴낸곳 렛츠북
주소 서울시 마포구 양화로11길 42, 3층(서교동)
등록 2015년 05월 15일 제2018-000065호
전화 070-4786-4823 Ⅰ **팩스** 070-7610-2823
이메일 letsbook2@naver.com Ⅰ **홈페이지** http://www.letsbook21.co.kr
블로그 https://blog.naver.com/letsbook2 Ⅰ **인스타그램** @letsbook2

ISBN 979-11-6054-576-0 03810